# Matrimonio por venganza

NICOLA MARSH

Editado por HARLEQUIN IBÉRICA, S.A.
Núñez de Balboa, 56
28001 Madrid

© 2009 Nicola Marsh. Todos los derechos reservados.
MATRIMONIO POR VENGANZA, N.º 1812 - 28.9.11
Título original: Marriage: For Business or Pleasure?
Publicada originalmente por Mills & Boon®, Ltd., Londres.

Todos los derechos están reservados incluidos los de reproducción, total o parcial. Esta edición ha sido publicada con permiso de Harlequin Enterprises II BV.
Todos los personajes de este libro son ficticios. Cualquier parecido con alguna persona, viva o muerta, es pura coincidencia.
® Harlequin, Harlequin Deseo y logotipo Harlequin son marcas registradas por Harlequin Books S.A.
® y ™ son marcas registradas por Harlequin Enterprises Limited y sus filiales, utilizadas con licencia. Las marcas que lleven ® están registradas en la Oficina Española de Patentes y Marcas y en otros países.

I.S.B.N.: 978-84-9000-444-9
Depósito legal: B-26642-2011
Editor responsable: Luis Pugni
Preimpresión y fotomecánica: M.T. Color & Diseño, S.L.
C/ Colquide, 6 portal 2 - 3º H. 28230 Las Rozas (Madrid)
Impresión en Black print CPI (Barcelona)
Fecha impresion para Argentina: 26.3.12
Distribuidor exclusivo para España: LOGISTA
Distribuidor para México: CODIPLYRSA
Distribuidores para Argentina: interior, BERTRAN, S.A.C. Vélez Sársfield, 1950. Cap. Fed./ Buenos Aires y Gran Buenos Aires, VACCARO SÁNCHEZ y Cía, S.A.
Distribuidor para Chile: DISTRIBUIDORA ALFA, S.A.

## *Capítulo Uno*

El todoterreno de alquiler patinó sobre el acceso a la casa de los Mancini. Brittany Lloyd se contuvo para no soltar un improperio. Su habilidad como conductora no tenía mucho que ver con el estado en el que se encontraba el pavimento ni con los recuerdos que la asaltaban, pero sí mucho con el hombre desnudo que se inclinaba sobre una trilladora.

Técnicamente, estaba medio desnudo, pero ella no podía apartar la mirada del impresionante y bronceado torso y de las anchas espaldas que relucían bajo el abrasador sol de Queensland.

Los músculos se movieron y se tensaron bajo la piel de aquel desconocido cuando se incorporó y se metió las manos en los bolsillos de unos vaqueros muy desgastados. La mirada avariciosa de Brittany se dirigió al trasero y, entonces, ella deseó no haber estado lejos de allí durante tanto tiempo.

Diez años en Londres habían sido una sabia decisión, una decisión sensata considerando el motivo de su huida, pero al ver a aquel hombre tan guapo en la primera mañana que estaba de vuelta en su tierra pensó que, efectivamente, no había hombres como los de Jacaranda en ningún lugar de la tierra.

Ella lo sabía muy bien.

Se había enamorado de uno, le había entregado su corazón, su virginidad y su lealtad.

Más tonta había sido ella.

Mientras enderezaba el coche y se acercaba a la casa, el hombre se dio la vuelta. En aquella ocasión, el todoterreno salió disparado de la pista y estuvo a punto de terminar en una zanja. Brittany no pudo hacer nada para impedir que el motor se le calara. Se mantuvo allí, agarrando el volante con fuerza mientras la sorpresa, la alegría y un arrollador deseo se apoderaban de ella, impidiéndole hacer otra cosa que no fuera contemplar cómo él se acercaba al coche.

El rostro de Nick Mancini permaneció impasible. Llegó junto al coche, apoyó unos bronceados y fuertes brazos sobre la ventanilla abierta y saludó a Brittany con una casual inclinación de cabeza.

—Hola, Britt. Hace mucho que no nos vemos.

Un saludo normal, sin rencor o amargura. Por supuesto, ella había sido la que más había sufrido cuando Nick terminó la relación.

El modo de saludar y la falta de sentimientos no hacían justicia a lo que ambos habían compartido. Brittany decidió mostrar la misma indiferencia a pesar de lo fuerte que le latía el corazón.

—Diez años. Se dice pronto.

Quería que él reconociera el tiempo que habían permanecido separados. Quería que le preguntara cómo le había ido, que explicara por fin por qué había terminado la relación. En vez de eso, Nick se encogió de hombros.

Brittany no pudo evitar fijarse de nuevo en aquellos músculos y comprobar la corpulencia que había adquirido en aquellos diez años. El muchacho delgado y esbelto de entonces se había convertido en...

Apartó la mirada de los impresionantes pectorales

y se centró en el rostro. En su adolescencia, Nick había sido apuesto, algo arrogante y rebelde. En aquellos momentos, era un hombre muy atractivo, de aspecto rudo y, si Brittany no se equivocaba, seguía siendo algo arrogante y dispuesto a demostrar al mundo que no le importaba nada.

Por la sonrisa que se le dibujaba en aquellos labios que tanto apetecía besar, Brittany había dado en el clavo.

−¿Qué te trae por aquí?

−Negocios.

Algo sólido, tangible, que le ayudaría a controlar sus sentimientos para no preguntarle, tal y como deseaba, qué era lo que les había pasado.

Había esperado no coincidir con él, hacer negocios con su padre, pero se había equivocado. Nick llevaba aquel lugar en las venas y, por supuesto, estaba trabajando allí y haciéndolo más y mejor que cualquiera de sus empleados.

−¿Negocios?

Nick entornó ligeramente los ojos color caramelo. Brittany deseó que él dejara de mirarla de aquel modo. Él siempre había tenido la habilidad de leerle el pensamiento y, en aquellos momentos, esto era lo último que necesitaba.

Tenía que mantenerse centrada. Su ascenso dependía de ello.

−Tengo una proposición para ti.

Nick se irguió. Metro ochenta de fibrosos músculos. Entonces, esbozó la sonrisa de niño malo que Brittany recordaba tan bien, la sonrisa que le había perseguido durante los meses inmediatamente posteriores a su llegada a Londres, meses de añoranza de su primer amor, del mismo amor que había rechazado la oferta que ella le hizo para que la acompañara, para que construyeran una vida juntos.

–Estoy seguro de ello, pelirroja.

Abrió la puerta del coche para que Brittany saliera. Ella deseó poder ocultar el rubor que le cubría el rostro.

–Nadie me ha llamado así desde hace años –musitó. Agradeció que su cabello tuviera en aquel momento un rubio cobrizo en vez del vibrante cabello pelirrojo con el que había nacido.

–Es una pena –dijo él. Extendió una mano y se enredó un mechón en el dedo–. Evidentemente, no te conocen tan bien como yo...

Brittany se apartó bruscamente.

–Tú no me conoces.

Entonces, miró su reloj esperando que él captara la indirecta.

–¿Está tu padre aquí? Necesito hablar con él.

Los ojos de Nick se oscurecieron y un gesto de dolor le torció la boca.

–Mi padre murió. Supongo que la noticia no llegó hasta Londres.

–Lo siento –dijo ella. De repente, se sintió avergonzada por no haberse mantenido en contacto con lo que ocurría en su tierra natal.

–¿De verdad?

Brittany notó el enojo que se le reflejaba en el rostro, provocándole unas arrugas de expresión que lo hacían parecer mucho más mayor que sus veintiocho años. Una década antes, Nick sólo la había mirado con admiración y deseo. Durante un breve instante, ella deseó poder volver atrás en el tiempo.

–Por supuesto que lo siento. Todo el mundo de por aquí adoraba a tu padre.

–Tienes razón, pero me sorprende que tu padre no te dijera nada. En esta ciudad, no se puede hacer nada sin que se entere todo el mundo –dijo. Se pasó la mano por el rostro y borró la tensión inmediatamente. Entonces, miró a Brittany. Sus ojos brillaron de apreciación, pero no precisamente por la ropa de diseño que ella llevaba puesta–. A pesar de lo elegantemente que vas vestida, supongo que recuerdas cómo son las cosas por aquí.

Brittany decidió no darle la satisfacción de informarle exactamente de todo lo que ella recordaba, dado que la mayor parte de sus recuerdos estaban centrados en él.

–He estado muy ocupada estos últimos diez años, por lo que te ruego que me perdones si lo de recordar el pasado no ha sido una de mis prioridades.

–¿Ocupada, eh?

Brittany esperó que él le preguntara por su profesión. Ansiaba poder decirle lo lejos que había llegado y lo bien que les habría ido si él hubiera decidido acompañarla.

Sin embargo, Nick permaneció allí, sin decir nada, como un dios semidesnudo en completa armonía con su entorno. El sudor y el polvo, en vez de disminuir su atractivo, lo acrecentaban.

–Yo trabajo veinticuatro horas siete días a la semana. Formar parte del equipo de directivos de una importante empresa publicitaria de Londres me ocupa casi todo mi tiempo.

–¿Y no tienes tiempo para divertirte?

La sonrisa burlona de Nick hizo que Brittany contuviera la respiración. No, efectivamente ya no se divertía. Sus días de diversión habían terminando cuando se marchó de aquella ciudad sin mirar atrás. El trabajo la ayudaba a olvidar todo. El trabajo demostraba lo lejos que había llegado. El trabajo le daba la independencia por la que tanto se había esforzado, una independencia que garantizaba que jamás tendría que mirar atrás.

Se mordió los labios para no responder y se agachó para sacar una carpeta del asiento del copiloto del coche.

–Lo que hago en mi tiempo libre no es de tu incumbencia. He venido aquí por negocios.

–Sea cual sea la proposición de negocios que te ha traído aquí, tendrás que tratar conmigo. Y, para que lo sepas, yo no me parezco en nada a mi padre. Soy mucho más duro.

Brittany estuvo a punto de golpearse la cabeza con el coche cuando escuchó la sedosa voz de Nick. Ya no podría realizar una rápida y limpia presentación con el patriarca de los Mancini, tal y como había pensado. El hecho de pensar en hacer negocios con Nick le subía la temperatura, algo que no le había ocurrido en mucho tiempo.

Algunos de sus compañeros de trabajo la llamaban «La Princesa de Hielo» a sus espaldas y a ella le gustaba. Los sentimientos no llevaban a ninguna parte y ella había aprendido a controlar su apasionado genio y el resto de sus emociones durante su larga estancia en la gran ciudad.

Mientras le entregaba la carpeta, las yemas de los dedos de ambos se rozaron y, a pesar del tiempo que llevaban separados, Brittany sintió que el corazón le daba un vuelco. Maldita sea. No debería sentir nada en lo que se refería a Nick Mancini y mucho menos aquel deseo tan familiar de dar un paso al frente y deslizar una mano sobre el torso desnudo para ver si el tacto resultaba tan agradable como recordaba.

Respiró profundamente y trató de ignorar los sentimientos que aquel hombre resucitaba en ella.

–Hay muchas cosas de las que tenemos que hablar. ¿Por qué no vamos dentro para que te puedas poner algo de ropa y podamos hacer negocios?

–¿Estás segura de que quieres que me vista?

–Nick, no...

–¿No qué? ¿Me estás pidiendo que no recuerde el pasado? ¿Que no admire a la hermosa mujer en la que te has convertido?

El fuego que ardía en los ojos de Nick la abrasaba, la cautivaba, la dejaba sin palabras.

–¿O que no haga algo tan alocado como esto?

Antes de que Brittany pudiera parpadear, la tomó entre sus brazos y la besó.

Los besos que habían compartido en la adolescencia habían sido tiernos, pero no había nada de tierno en el modo en el que la boca de Nick se apoderó de la de ella. Los labios se unieron en una frenética y apasionada danza, en una fusión de lenguas y en una combustión de deseo que dejó a Brittany completamente mareada. Debería ser inmune a Nick Mancini. Debería haberlo apartado de ella y haberse comportado como si hubiera sido un rápido beso entre amigos que recuerdan el pasado. Sin embargo, estaba de puntillas, rodeándole el cuello con los brazos y abrazándose a él como si la vida le fuera en ello.

Cuando él suavizó el beso, dominándola como

una hábil precisión que jamás poseyó cuando era un muchacho, la posibilidad de que ella lo apartara desapareció tal y como lo había hecho diez años atrás, cuando había manifestado por fin los sentimientos que había albergado hacia él durante años.

Lo había idolatrado a lo largo de toda la adolescencia y Nick ni siquiera la había mirado hasta que ella cumplió los dieciocho años, cuando se dirigió a él y se sorprendió al comprobar que el chico malo de Jacaranda también se sentía interesado por ella. Estuvieron saliendo exactamente seis meses antes de que las cosas se complicaran en casa y ella se viera obligada a marcharse.

No le había contado a Nick su humillación. Había querido que él la necesitara por lo que era y no que la siguiera por pena. Por eso, había tratado de convencerlo para que huyera con ella y había fracasado. No sólo eso, sino que Nick la había apartado de su lado con una crueldad que había roto en mil pedazos el corazón de Brittany.

Por lo tanto, ¿qué demonios estaba haciendo besándolo de aquella manera?

Justo cuando empezó a recuperar el sentido común, Nick rompió el beso y se desembarazó de los brazos de Brittany mientras la miraba con desaprobación, como si hubiera sido ella la instigadora de aquel beso.

–No esperes que me arrepienta de eso –le dijo mientras se mesaba con una mano el oscuro y ondulado cabello.

–Hace mucho tiempo que he dejado de esperar nada de ti.

Nick murmuró una maldición y se dio la vuelta antes de que cometiera otro error y volviera a besarla.

Resultaba muy agradable tenerla entre sus brazos, más de lo que recordaba y tenía muy buenos recuerdos en lo que se refería a Brittany Lloyd. Ella había sido la elegida para él. Y había permitido que se marchara.

No había tenido elección, pero no había pasado ni un solo día sin que hubiera recordado a la fierecilla de cabello rojo que le había robado el corazón sin ni siquiera intentarlo.

Allí estaba, tan increíble como recordaba. Se sentía atraído por ella tan incontrolablemente como siempre. El embrujo que ella había lanzado sobre él no había sido simplemente consecuencia de los ojos azules, de la piel de porcelana o un cabello rojizo hasta la cintura que llamaba la atención de cualquier hombre. Tampoco había tenido nada que ver con el esbelto cuerpo, con suficientes curvas para conseguir que cualquier muchacho girara la cabeza.

No. Brittany Lloyd poseía un encanto más exclusivo, algo que lo atraía irremediablemente.

La clase.

Esto era algo que había estado deseando tener toda su vida, algo que se había empeñado en poseer y que en ella era innato. Por mucho que se mezclara con personas de ambientes apropiados o tuviera éxito en los negocios, jamás podría comprar lo que ella tenía de sobra.

–¿Qué pasa con esa proposición de negocios? –le preguntó volviéndose para mirarla. Se sorprendió al ver la vulnerabilidad que vio en los ojos de Brittany.

–Está todo ahí –respondió ella señalando la carpeta que él tenía en las manos.

Nick lo sopesó con una mano y lo golpeó con la palma de la otra para ver cómo reaccionaba ella.

–¡Maldita sea! ¿Por qué no lo abres? –le espetó ella tal y como hubiera hecho en los viejos tiempos.

–Me alegra ver que sigues teniendo ese genio tan vivo a pesar de tener un aspecto tan elegante.

Nick la miró de arriba abajo y admiró los cambios sutiles que se habían producido en el aspecto de Brittany. Tenía el cabello de una tonalidad más rubia y éste le llegaba a los hombros. El esbelto cuerpo tenía más curvas que una pista de carreras. Diez años atrás había sido una muchacha muy bonita, pero, en aquel momento, era impresionante.

Con un estudiado golpe de melena, ella lo miró con una sonrisa muy altiva en los labios.

–En realidad, tú eres el único que me hace sacarlo. Ahora, ¿nos centramos en los negocios?

La curiosidad se apoderó de él. Levantó una ceja y se señaló el torso desnudo con la carpeta.

–No hago negocios así. ¿Dónde te alojas?

Con inmenso placer, contempló cómo ella se sonrojaba y le miraba el torso unos segundos más de lo debido.

–En el Phant-A-Sea de Noosa, pero no es necesario que vayas hasta allí sólo para reunirte conmigo. Podemos...

–Después de terminar aquí, me iba a ir a la ciudad de todos modos. ¿Por qué no quedamos sobre las cinco? Podremos hablar del tema tomando una copa.

–Eso no es necesario...

–Lo es. Dame un poco de tiempo para asearme y echarle un vistazo a tu proposición para que luego podamos hablar de ella tomando un Shirley Temple.

Nick se anotó otro punto con la referencia al cóctel favorito de Brittany. Ella apretó con fuerza la boca.

—No estamos recordando el pasado. Se trata de hacer negocios.

—Eso es lo que tú no haces más que repetir —susurró él mirándole los hermosos labios.

Para su sorpresa, ella se echó a reír.

—No has cambiado. Sigues siendo un seductor.

Brittany estaba equivocada. Muy equivocada. Claro que había cambiado y, cuando llegaran las cinco en punto, ella descubriría cuánto.

Se apoyó sobre el capó del coche y cruzó los tobillos.

—¿Y está funcionando?

—No. Ahora soy completamente inmune a los encantos de los rebeldes.

—¡Qué pena! —exclamó él. Volvió a mirarla de arriba abajo, admirando todas y cada una de las deliciosas curvas de Brittany y consiguiendo que ella volviera a sonrojarse—. ¿Cuánto tiempo vas a quedarte en la ciudad?

—El tiempo que haga falta.

Brittany había vuelto a adoptar una actitud fría. Se había vuelto a refugiar en los negocios que la habían llevado hasta allí.

Nick observó los campos de caña de azúcar que tanto amaba y que formaban tanta parte de él como su ascendencia italiana. Se preguntó lo que ella pensaría de él cuando descubriera cuál era su verdadero negocio en aquellos momentos.

¿Se sentiría impresionada? Probablemente, aunque con toda justicia, lo que él hiciera o sus orígenes jamás habían tenido importancia alguna para Brittany.

Antes de ser pareja, habían sido amigos. Viajaban en el mismo autobús todos los días aunque ella asistía a un colegio privado y él iba al instituto. Al principio, ella había fingido no fijarse en él por lo que Nick había hecho todo lo posible por llamar su atención con comentarios constantes sobre lo limpios que llevaba los zapatos o sobre sus largas trenzas. Cuando ella no pudo contener el genio el día en que Nick estrelló su bicicleta contra la de ella, la amistad de ambos quedó consolidada.

A Brittany jamás le había importado que pertenecieran a dos clases sociales diferentes. La muchacha más rica de la zona con un muchacho nacido en una plantación, de clase trabajadora y de ascendencia italiana. Sin embargo, a otras personas sí que les había importado. Nick había escuchado los murmullos, los comentarios sobre el hecho de que se estuviera desfogando con él antes de casarse con un hombre más adecuado para ella. Había dejado que aquellos comentarios envenenaran lo que había entre ellos y lo terminaran mucho antes de que las cosas se escaparan de su control. Sin embargo, jamás había olvidado lo que ella le había hecho sentir.

Todo eso era ya historia. Sabía que aquel beso tan impulsivo que le había dado había sido una tontería. Ya no se dejaba llevar por los impulsos. Todas las decisiones que tomaban eran sopesadas y evaluadas cuidadosamente y llevadas a cabo con absoluta precisión. Ésa era la razón por la que estaba en lo más alto.

Se apartó del coche y golpeó la carrocería.

–Es mejor que te vayas. Así podré terminar por aquí antes de ir a reunirme contigo.

–Está bien.

Nick abrió la puerta del coche y observó cómo ella se ponía el cinturón. Tuvo la sensación de haber vivido antes aquella situación y sintió un irresistible impulso a pesar de todas las determinaciones que había tomado. Se inclinó rápidamente sobre la ventana abierta.

–Pelirroja...

–¿Sí?

Nick sonrió y le pellizcó la nariz tal y como solía hacer.

–Besas mejor de lo que recordaba.

Antes de que ella pudiera responder, se incorporó sonriendo al ver la inmediata indignación que se reflejó en los hermosos ojos de Brittany y se dirigió hacia la casa.

## *Capítulo Dos*

Brittany se llevó las manos a las ruborizadas mejillas mientras Nick se alejaba. Aquel hombre era el mismo diablo. En menos de diez minutos, había conseguido desequilibrarla, sacarla de sus casillas y terminar con la seguridad que tenía en sí misma.

En cuanto al beso... Se golpeó la cabeza sobre el volante. No sólo le había permitido que lo hiciera, sino que, además, había respondido como si hiciera mucho tiempo que nadie la besaba.

Con toda sinceridad, eso era seguramente cierto, considerando que hacía mucho tiempo que no salía con nadie porque tenía toda su atención centrada en la posición de director gerente, que no iba a tardar en quedarse vacante. Sin embargo, eso no excusaba el ansia de su respuesta ni la rendición que había experimentado en el momento en que los labios de Nick tocaron los suyos.

–Menuda Princesa de Hielo estoy hecha –musitó mientras arrancaba el vehículo y se dirigía a la autopista.

En cierto modo, se alegraba de que él hubiera sugerido que se reunieran en su hotel para hablar de la propuesta que Brittany quería hacerle. Se sentiría mucho mejor preparada para enfrentarse de nuevo a él en la fría elegancia del bar del Phant-A-Sea en vez de en la acogedora plantación que tantos recuerdos tenía para ella. Éstos eran tan reales, tan poderosos, que los ojos de Brittany se llenaron de lágrimas. Parpadeó, atrapada en la magia del pasado cuando debería centrarse en el futuro. Su futuro como directora gerente de Sell dependía de ello.

Cuando llegaran las cinco, se aseguraría de que Nick Mancini, con su sensual sonrisa, sus atractivos hoyuelos y su cuerpo de escándalo, supiera exactamente con la clase de mujer de negocios con la que estaba tratando.

Brittany dio un sorbo a su zumo de caña de azúcar y miró a su alrededor. Se había alojado en algunos de los más hermosos hoteles de todo el mundo, pero aquél era especial. Ella sentía que podría quedarse allí para siempre.

Sin embargo, aquella estancia distaba mucho de ser un viaje de placer. Necesitaba sellar aquel trato con Nick. Le daría la seguridad suficiente para enfrentarse a su propio padre.

Llevaban diez años sin hablarse. Sin embargo, ella estaba allí y su padre vivía en una exclusiva residencia para la tercera edad y, como Brittany no pensaba regresar, tenía que poner el pasado a buen recaudo y, en aquella ocasión, despedirse adecuadamente.

Su padre siempre había sido un hombre dominante, pero, cuando ella cumplió dieciocho años, su necesidad de controlarla había empezado a ser exagerada. Ella se había escapado sin mirar atrás, pero no había pasado ni un solo día de su vida en el que no se hubiera preguntado lo diferente que habría sido su vida si se hubiera quedado allí. ¿Se habría casado con Nick? ¿Habrían tenido hijos?

Tragó saliva y levantó la mirada.

Nick el granjero, con vaqueros desgastados y rotos y el torso cubierto de reluciente sudor era muy sexy.

Nick el hombre de negocios, con un traje de diseño de raya diplomática, impecable camisa blanca y una corbata de color amatista resultaba completamente irresistible.

Brittany se quedó completamente helada al ver que él se dirigía hacia ella con una sonrisa en los labios.

–Espero que no lleves mucho tiempo esperando –dijo bajando la cabeza para darle un beso en la mejilla.

Ella experimentó un torbellino de sentimientos al captar el aroma del desodorante que él llevaba. Los recuerdos se apoderaron de su pensamiento. Abrazados bajo un árbol, tumbada sobre él en la orilla del río, mordisqueándole el cuello mientras hacían el amor.

Tragó saliva para controlarse. Aquel aroma resultaba tan evocador, portador de tantos recuerdos, que Brittany casi no podía recordar lo que él le había preguntado.

Nick la miró con curiosidad y se sentó frente a ella. Brittany se apartó hacia atrás para evitar que las rodillas de ambos se tocaran. No quería volver a hacer el ridículo.

–¿Qué te parece el hotel?

–Es maravilloso –respondió ella tras tomar un sorbo de zumo–. Hace diez años no había visto nada ni remotamente parecido.

La sonrisa orgullosa que Nick esbozó la dejó tan perpleja como el traje que él llevaba puesto.

–Phant-A-Sea fue construido hace cinco años. El negocio está floreciendo.

–No me sorprende. Yo he viajado por todo el mundo en los últimos seis años, pero jamás me había alojado en ningún establecimiento parecido. Bueno, ¿has tenido tiempo de echarle un vistazo a mi propuesta?

Nick negó con la cabeza e hizo una señal a un camarero, que se apresuró a acudir como si lo hubiera llamado el presidente del gobierno.

–Prefiero que me lo cuentes tú primero y luego repasar los detalles.

–¿Es ésa la razón de que lleves traje?

Antes de que él pudiera responder, el camarero preguntó:

–¿Lo de siempre, señor Mancini?

–Sí, gracias Kyoshi.

Brittany miró a ambos llena de confusión. Nick ni siquiera había levantado la mirada para leer la placa con el nombre del camarero. Además, «lo de siempre» parecía sugerir que él frecuentaba aquel hotel. Considerando que la cosmopolita ciudad de Noosa estaba a más de hora y media en coche de la plantación y que él nunca había sido la clase de persona que frecuentaba los bares, todo resultaba un poco improbable. No obstante, ella llevaba diez años lejos de allí. La gente cambiaba. ¿Qué sabía ella cómo era Nick en aquellos momentos?

–¿Te gusta?

Nick se miró el traje, por lo que a Brittany no le quedó más remedio que hacer lo mismo.

–Jamás te había visto con un traje.

Los ojos de él brillaron con una satisfacción que ella no comprendió.

–Los tiempos cambian.

–Así es. Hablemos de negocios.

–Tengo que decir que estoy muy intrigado. Este asunto debe de ser muy especial para conseguir que vuelvas aquí desde Londres.

¿Especial? ¿Cómo podía explicarle lo que aquel ascenso significaba para ella, las horas que había puesto en esforzarse por ser mejor que los demás y así poder demostrar que era independiente en todo? Nick no lo entendería.

–Te contaré la versión abreviada –dijo.

Se inclinó hacia delante y se preparó para dar el discurso de su vida. Si conseguía que Nick le permitiera utilizar la plantación Mancini, tendría seguro su ascenso. El que era director gerente en aquellos momentos se lo había prácticamente garantizado.

–Trabajo para Sell –comenzó–. Es la agencia publicitaria más importante de Londres. Estamos haciendo una campaña por todo el mundo para la industria azucarera, empujados por los todopoderosos dueños de plantaciones de los Estados Unidos.

Un cierto interés apareció en los ojos de Nick. Brittany siguió hablando.

–Seré sincera contigo, Nick. Puedo conseguir un ascenso. Un ascenso de mucha importancia. Si consigo este trato, seré la nueva directora gerente.

–Menudo título –dijo él antes de dar un buen trago a la cerveza que el camarero le había llevado–. ¿En dónde encajo yo en todo esto?

–Tu plantación es la más antigua de Australia. Si pudiera tener acceso exclusivo a ella, poder realizar una filmación y utilizar parte de la historia, estoy segura de que ese ascenso sería mío. En pocas palabras, se trata de esto. He expuesto datos y cifras en la propuesta escrita. Lo que la agencia está dispuesta a pagar por utilizar la plantación, las horas que tardaríamos... Ése tipo de cosas. Bueno, ¿qué te parece?

–Todo parece muy factible. El único problema es que estoy a punto de vender la plantación.

–¿Venderla? ¿Y dónde vas a vivir y a trabajar?

La sonrisa condescendiente que él esbozó le provocó a Brittany un escalofrío por el cuerpo.

–Sigues considerándome un paleto y un gañán, ¿verdad?

–Por supuesto que no –repuso ella sonrojándose–. Lo único que quería decir es que la plantación lleva generaciones en tu familia. No entiendo por qué la vendes.

Nick señaló a su alrededor.

–Porque mi casa está aquí ahora.

–¿Que ésta es tu casa? –preguntó ella con incredulidad.

–¿Tan difícil resulta de creer? –preguntó él, con los hombros rígidos y el ceño fruncido.

–Simplemente no va contigo.

–Pues ahora sí –le espetó él con voz airada–. No des por sentado que me conoces sólo porque tuvimos un tonteo adolescente hace diez años.

Esas palabras dolieron a Brittany más de lo que ella hubiera creído posible imaginar.

–Fue mucho más que eso y lo sabes.

–Fuera como fuera, es irrelevante para lo que nos ocupa ahora –replicó Nick. Tras mirar el reloj, se puso de pie–. Lo siento. Tengo que dar por finalizada esta reunión. Tengo una entrevista.

–¿Quieres trabajar aquí?

–Ya trabajo aquí –repuso él encogiéndose de hombros.

–¿Cómo dices? –preguntó ella, asombrada. Por suerte, sus cualidades como Princesa de Hielo la ayudaron a impedir que la mandíbula le llegara al suelo.

–En realidad, técnicamente, no es del todo cierto.

–No entiendo –dijo ella. Se sentía completamente perpleja.

–No es que trabaje aquí –repuso, tras hacerle a alguien un gesto para indicarle que sólo iba a tardar un minuto–. Soy el dueño de este hotel.

En aquella ocasión, mientras él se marchaba, Brittany estuvo completamente convencida de que la mandíbula sí le había llegado al suelo.

Nick estaba mirando desde la ventana de su despacho de la quinta planta del Phant-A-Sea, sin ver la exquisita belleza de la playa de Noosa, que se extendía hacia el parque natural que había a su derecha. Cuando construyó el hotel, le había vuelto loco aquella vista. Experimentaba una inmensa satisfacción cada vez que se sentaba tras su escritorio y miraba por la ventana.

Aquel día, no.

Aquel día, lo único que era capaz de ver, tanto con los ojos abiertos como cerrados, eran los brillantes ojos azules de Britt mirándolo con asombro cuando él le dio la noticia. Había esperado sentirse poderoso, orgulloso, cuando le dijera la verdad. No era así.

¿A qué clase de juego estaba jugando? No tenía tiempo para aquellas tonterías. Estaba a punto de abrir el quinto hotel Phant-A-Sea en Pink Sand Beach en las Bahamas al tiempo que intentaba aumentar la clientela en el de Noosa. No tenía suficientes horas en el día.

Por eso iba a vender la plantación. Al menos, aquélla era su excusa. Adoraba la plantación, pero su amor era tanto parte de él como el que sentía por el mar.

Eso era parte del problema.

Nadie de por allí lo tomaría en serio mientras siguiera vinculado a aquel lugar, mientras que, cada vez que se encontraran con él, lo vieran como el rebelde muchacho de la plantación que solía ser.

Como a sus hoteles les iba muy bien, quería que su negocio se hiciera más grande, más diverso, llevarlo a un nivel más allá y, para eso, necesitaba inversores. Si, por su pasado, no tenía el respeto y el apoyo de inversores locales, ¿qué esperanza tenía de conseguir el apoyo de inversores foráneos?

Había constantes rumores sobre su reputación, que lo etiquetaban como una especie de Casanova al que no podía tomarse en serio, por lo que parecía enfrentarse a una batalla perdida.

Sin embargo, esto no le preocupaba. Había llegado hasta donde se encontraba en aquel momento gracias a su esfuerzo. Había conseguido un MBA estudiando por la noche mientras trabajaba en la plantación durante el día y había conseguido una próspera plantación de caña y el mayor y más lujoso hotel que Noosa había visto en años.

Por lo tanto, se esforzaría del mismo modo para demostrar a los inversores que era mucho más que un arrogante advenedizo que había tenido suerte en el negocio de la hostelería. Sin embargo, le dolía el hecho de que tuviera que separarse de parte de su historia, de su alma.

Tenía que haber algo que pudiera hacer.

Ni siquiera podía pensar. No merecía la pena considerarlo ni un solo instante. Sin embargo, cuanto más trataba de condenar la idea, más parecía ésta exigirle que la considerara como solución a sus problemas.

Se levantó y se dirigió a la ventana. Apoyó la cabeza sobre el cristal.

*Questo è pazzia.*

Su padre había utilizado aquella frase muy a menudo y, en aquellos momentos, no podía apartársela del pensamiento. «Es una locura». Si su padre estuviera vivo, ni siquiera consideraría una solución como aquélla. El anciano había sido su conciencia en muchos sentidos. Sin embargo, su padre ya no estaba y se lo debía a él, a sí mismo. Tenía que conseguir que el apellido Mancini se valorara, que toda una vida de trabajo tuviera reconocimiento.

*Contraccambio.* Quid pro quo.

Britt quería algo de él y Nick quería algo a su vez. ¿Aceptaría ella su propuesta?

Se trataba de una sencilla proposición de negocios, algo que ella comprendería muy bien si había sido capaz de realizar un viaje tan largo tan sólo para conseguir un ascenso.

Sin embargo, lo que él tenía en mente era... era...

Brillante.

El hombre de negocios que había en él no podía encontrar fallos a su proposición. Por el contrario, el muchacho libre y salvaje que se había enamorado de una fierecilla pelirroja en el momento en el que la vio tantos años atrás sabía que llevar a cabo su plan no iba a ser en absoluto sencillo.

## *Capítulo Tres*

Brittany apretó los dientes y llamó a la puerta de Nick. Él la había mandado llamar.

¡Qué cara más dura! Si su ascenso no fuera tan importante, le diría exactamente dónde podía meterse aquel llamamiento.

Sin embargo, aquel ascenso era la prioridad absoluta. La razón por la que estaba allí. Por eso, estaba decidida a mantener una sonrisa en los labios y a refrenar su curiosidad a pesar de lo mucho que quería saber cómo Nick el rebelde se había convertido en Nick el multimillonario.

Le molestaba el modo en el que había jugado con ella y le había dado la información de era hostelero, como si todo hubiera sido un gran juego para él.

Bien, pues al carajo con él. Y con los cuatro hoteles que tenía por todo el mundo.

Al menos, a aquella reunión iba preparada. Después del breve encuentro en él en el hotel, había regresado a su habitación para realizar una rápida búsqueda en Internet sobre los hoteles de la cadena Phant-A-Sea.

Lo que descubrió la dejó sin palabras.

Los hoteles de Nick eran ejemplo del lujo más absoluto, con maravillosas habitaciones. Todos los comentarios coincidían en que aquellos hoteles cumplían sus promesas. Eran una fantasía experimentada de principio a fin. Le había intrigado el hecho de que se mencionaran nombres como la suite César, la suite Casino Royale y la suite Cenicienta y deseó que hubiera fotografías que acompañaran tan tentadoras descripciones.

Cuando la puerta se abrió, ella se cuadró inmediatamente de hombros y se preparó para lo que se le venía encima. Había abandonado su hogar a los dieciocho años y había viajado al otro lado del mundo para vivir en una ciudad desconocida. Había conseguido tener éxito en la vida sin utilizar ni un penique del dinero de su padre. Una reunión con Nick iba ser un paseo por el parque, a pesar de los juegos que él pudiera tenerle reservados.

–Justo a tiempo.

Nick se hizo a un lado y la invitó a entrar en el imponente despacho. Brittany se dirigió hacia el escritorio y tomó asiento en la butaca que quedaba frente al sillón de él.

–Pongámonos manos a la obra, ¿de acuerdo? Ya sabes lo que quiero. Supongo que habrás tenido tiempo de estudiar las cifras de mi presentación. ¿Cuál es tu respuesta?

Nick sonrió como si se tratara de un gato jugando con un ratón.

–Te está matando, ¿verdad?

Inmediatamente, Brittany comprendió a lo que se refería. Nick se había dado cuenta de que la curiosidad la corroía por dentro. Sin embargo, ella no estaba dispuesta a reconocerlo. Mantuvo una expresión neutra en el rostro y se encogió de hombros.

–Tú no eres el único que ha cambiado. Es asunto tuyo lo que hayas hecho en los últimos diez años y la razón por la que no quisiste decirme la verdad en la plantación –dijo. Entonces, señaló la carpeta que ocupaba el centro del escritorio de Nick–. Ahora, dejémonos de andar por las ramas. ¿Estás dispuesto a hacer el trato o no?

–Eso depende de ti –dijo él mientras tomaba asiento.

–Está claro que yo lo deseo. Ésa es la razón de mi presencia aquí.

Para su sorpresa, Nick tomó primero la carpeta y luego la empujó con un dedo sobre la mesa.

–A mí no me interesa tu dinero.

–¿Cómo has dicho?

–La remuneración que tu empresa ofrece por utilizar la plantación. No me interesa. Sin embargo, tengo otra cosa en mente.

–¿De qué se trata? –preguntó ella. No le gustaba el tono de voz que él había utilizado ni la expresión de sus ojos color caramelo.

Nick se levantó, rodeó el escritorio y se agachó junto a ella cerca, muy cerca. Demasiado cerca.

–Accederé a lo que me pides si tú accedes a lo que yo te pido a ti.

–Tú dirás.

Nick le colocó un dedo debajo de la barbilla y la obligó a levantar la cabeza. Aquel ligero contacto provocó una oleada de deseo por todo el cuerpo de Brittany que hizo mucho daño a su concentración.

–Es muy sencillo. Yo me quedaré con la plantación por el momento, te daré acceso completo a todos los sitios a los que quieras ir durante todo el tiempo que quieras con una sola condición.

–Tú dirás –repitió ella.

Nick se acercó a Brittany hasta que sus labios tocaron prácticamente el cabello de ella y murmuró:

–Que te conviertas en mi esposa.

Cuando comprendió el verdadero significado de aquellas palabras, Brittany se sobresaltó y se retiró. El asombro por lo que acababa de escuchar la dejó sin palabras.

Nick se levantó y se sentó sobre el escritorio.

–Ya me has oído. Cásate conmigo. Ésa es mi condición.

–¿Has perdido el juicio? –le espetó ella levantándose también–. ¿Qué clase de estúpida condición es ésa? Como si yo fuera a considerarlo...

–La idea no te parecía tan desagradable hace diez años si no recuerdo mal. Te encantaba decir que te ibas a casar conmigo.

El rubor cubrió las mejillas de Brittany. Sintió deseos de estrangularlo.

–Venga ya. Entonces, era joven y estúpida.

–¿Y ahora eres vieja y sabia? Si es así, verás el sentido común que tiene esta proposición.

–¡Nada de esto tiene sentido!¡Estás loco! Llevas jugando conmigo desde que te vi esta mañana y no sé por qué. Finges seguir trabajando en la plantación, me ocultas tu nueva situación y por último me sales con esta ridícula proposición. Vengo a verte de buena fe para tratar de proponerte un sencillo trato y, ¿qué saco yo a cambio? Un puñado de tonterías. ¿Desde cuándo eres un idiota, Mancini?

–Considera esto una transacción de negocios. Una situación en la que ganamos los dos. Nada más y nada menos.

–¡Estás loco! ¡Completamente loco! ¿Cuál era esa

expresión que solía utilizar tu padre? *Sei pazzo*. Estás loco. Eso es lo que te pasa.

Como siempre que se mencionaba a su padre, Nick sintió que se le hacía un nudo en el corazón.

−¿Te acuerdas de eso?

Aquella discusión dejó sin fuerzas a Brittany. Se desmoronó sobre la butaca. Al verla, Nick sintió deseos de tomarla entre sus brazos para mostrarle así que aquélla era la solución perfecta para los dos.

Ella levantó los ojos y lo miró. Entonces, asintió.

−Me acuerdo de muchas cosas.

Nick esperó, capturado por la mirada azul de Brittany. No quería sentir. No quería sentirse así, pero, cuando ella lo miraba con los recuerdos del pasado reflejados en los ojos, en lo único en lo que podía pensar era en lo agradable que era tener a Brittany entre sus brazos.

No quería revivir el pasado, viciar aquel trato con los sentimientos, pero no pudo evitarlo.

−¿Qué es lo que recuerdas?

−Cuando estábamos tumbados bajo la jacaranda que hay al lado del arroyo y mirábamos las nubes para ver quién podía encontrar la forma más descabellada. O las veces que me llevabas a Noosa en tu Harley y cómo preferíamos ir de picnic a Noosaville en vez de mezclarnos con los esnobs de Hastings Street. O en cómo me mirabas, como si yo fuera la única mujer para ti.

Brittany no apartó la mirada tal y como él había esperado que hiciera. Tampoco cuando él la tomó entre sus brazos y volvió a besarla.

Nick siempre había sentido que jamás se cansaría de ella y parecía que, en ese aspecto, nada había cambiado. Se suponía que aquella reunión era exclusivamente de negocios, pero, cuando el beso se profundizó más y más, Nick comprendió que no podía seguir engañándose.

Lo que había sentido por Britt, el modo en el que la sangre le había ardido cuando la tenía entre sus brazos no tenía nada que ver con los negocios y sí con el placer.

Cuando sintió que él dejaba de besarle los labios para hacerlo en la mejilla, Brittany se quedó inmóvil. Nick le había propuesto el trato más ridículo que ella hubiera escuchado nunca en toda su vida y, ¿cómo había reaccionado ella?

Había dejado que él la besara. De nuevo.

Había respondido. De nuevo.

¿Casarse con Nick Mancini a cambio de su sueño? No podía pensarlo ni por un instante y mucho menos reconocer que sería capaz de hacer cualquier cosa para conseguir su sueño.

–Bueno, supongo que eso demuestra que lo de ser mi esposa no estaría tan mal.

–Si crees que yo accedería a tu propuesta, estás loco.

Nick se encogió de hombros y dio un paso atrás.

–Bueno, no soy yo el que quiere un ascenso. La pelota está en tu campo, pelirroja.

–Te aseguro que no lo consideraría ni por un instante –replicó ella. Efectivamente, necesitaba aquel ascenso. Era el único modo de cerrar un pasado que prefería olvidar–, pero, si lo hiciera, ¿qué sacas tú de esto?

Nick se encogió de hombros.

–Bueno, estoy en pleno periodo de expansión de

mi negocio. Estoy construyendo hoteles en las principales ciudades del mundo, pero los inversores no me toman en serio por mi edad. Ven a un hombre joven y soltero e inmediatamente piensan que sólo soy un playboy que hace negocios para divertirse. El matrimonio me dará respetabilidad a sus ojos y hará que mi entrada en los círculos de negocios sea más sólida. Me abrirá nuevas posibilidades de inversión.

–¿Y eso es todo?

–Sí.

–¿Por qué yo? Estoy segura de que el legendario Nick Mancini tiene un enjambre de nenas revoloteando a su alrededor con la esperanza de cazarlo. ¿Por qué yo en particular? ¿Qué tengo yo que ofrecer?

–¿De verdad quieres que te responda a eso?

–Sí.

–Eres una mujer de negocios con mucha motivación. Si no fuera así, no habrías viajado al otro lado del mundo para tratar de conseguir tus objetivos. Yo necesito a alguien así, con una visión muy clara en mente. Con un objetivo en el mundo de los negocios.

–Alguien que no deje que los sentimientos entren en la ecuación, que es exactamente lo que tendrías con una mujer de por aquí –afirmó ella.

–Este matrimonio entre nosotros es una propuesta de negocios en toda regla. Una situación en la que las dos partes ganan. ¿Qué te parece?

Brittany pensó que él estaba loco, pero, principalmente, estaba convencida de que ella era una estúpida por desear que aquella descabellada proposición sugiriera de algún modo que ella aún significaba algo para Nick, aparte de un medio para conseguir respetabilidad.

Se armó con la poca dignidad que le quedaba y asintió.

—Te contestaré pronto.

—Asegúrate de hacerlo.

La sonrisa con la que Nick se despidió de ella le escocía. Él sabía que Brittany se estaba tomando tiempo para considerar la situación.

Algo mareada, pero con la cabeza muy alta, atravesó la estancia y se dirigió a la puerta para marcharse.

# *Capítulo Cuatro*

—Vaya, veo que regresa la hija pródiga.

Desde el momento en el que Brittany supo que iba a regresar a casa, empezó a prepararse para aquella confrontación. Sin embargo, por mucho que se dijera que era ridículo tener miedo o tratara de tranquilizarse, no lo lograba al pensar que iba a encontrarse con su padre por primera vez en diez años. Las manos le temblaban.

Se detuvo a la entrada del apartamento de su progenitor, uno de los pocos de la exclusiva residencia para ancianos de Jacaranda. Sin embargo, el dinero no podía comprar la salud y eso era algo de lo que Darby Lloyd carecía.

Cinco años atrás, había tratado que Brittany se sintiera culpable para que dejara su trabajo y regresara a Australia para cuidar de él mientras envejecía y se convertía en un ser humano más amargado aún. Casi lo había conseguido. Por suerte para Brittany, una parte de su ser había resistido aquella presión. Su padre había sido un tirano cruel que había controlado la vida de su hija hasta que ella recibió una pequeña herencia de su madre al cumplir dieciocho años y decidió huir tan lejos como pudiera. Simplemente, sintió que no podía regresar al infierno que había dejado atrás.

En lo más profundo de su ser, sabía que preferiría estar en cualquier otro sitio antes de estar delante del hombre que le habría arruinado la vida si ella no hubiera huido, pero su orgullo no le permitía regresar a su lugar de nacimiento y no ir a visitar a su padre. Era ya una mujer mayor y más fuerte, por lo que seguramente podría soportar enfrentarse a él. Había acudido allí para demostrarse que, por fin, el pasado había quedado atrás.

Sin embargo, aunque no quisiera reconocerlo, sabía que había una razón más para aquella visita, aunque quisiera convencerse de lo contrario: la esperanza. Esperanza de que su padre hubiera cambiado, de que, después de todo lo que había pasado entre ellos, pudieran tener la oportunidad de disfrutar de una relación normal entre padre e hija.

Si no era así, al menos ella era una mujer diferente, una mujer que no dependía de nadie, una mujer muy lejana a la víctima que ella había sido.

Entonces, se había jurado que jamás volvería a estar indefensa, había tratado de erradicar la confusión y el miedo. No obstante, cuando llegó al umbral de la puerta de su padre, el miedo le rasgó la piel mientras que la ansiedad que tanto había luchado por dominar le desgarraba el vientre.

–¿Cómo estás, papá?

–Poco más o menos –le dijo mientras se acercaba a ella cojeando y le señalaba un asiento con el bastón–, pero no gracias a ti.

Brittany respiró profundamente y se sentó al borde de la silla. Odiaba la vulnerabilidad que le provocaba la cercanía con su padre. A pesar de todo, necesitaba hacerlo. Necesitaba ver si había alguna oportunidad para ellos antes de que regresara a Londres.

–Tienes buen aspecto.

Su padre gruñó a modo de respuesta. No la miró. Su expresión hosca empezó a destruir toda esperanza que Brittany pudiera tener de reconciliarse con él.

–Este sitio es precioso.

Otro gruñido monosilábico que mermó un poco más la paciencia de Brittany.

–Papá, creo que ya va siendo hora de que...

–¿Qué diablos estás haciendo aquí?

–He venido aquí en viaje de negocios.

Su padre no mostró interés alguno. De hecho, más que nada, parecía aburrido. El silencio la animó a preguntar:

–¿No quieres saber cómo estoy, ni lo que he estado haciendo ni lo que he conseguido en estos años?

La mirada que su padre le dedicó le dio la respuesta antes de que él hablara.

–Ya no me importa.

El dolor le partió el corazón en dos. Las preguntas de antaño volvieron a resonarle en el interior de la cabeza. «¿Qué fue lo que hice mal? ¿Por qué dejaste de quererme?». Sin embargo, ya no era la adolescente asustada de entonces.

Se recostó sobre su asiento y se cruzó de brazos mientras lo miraba a los ojos.

–Pues tal vez debería. Así, sabrías que formo parte del equipo directivo de una agencia publicitaria muy importante de Londres, que soy buena en mi trabajo y que todo lo he conseguido yo sola, no gracias a ti.

Su padre la miró con desprecio y se irguió. De repente, mientras golpeaba el suelo con el bastón, volvió a ser el gigante que ella recordaba.

–Eres una estúpida si crees que me importa nada de eso.

–Siento mucho que pienses eso. Creía que...

–¿Qué es lo que creías? ¿Que, después de todo este tiempo, te recibiría con los brazos abiertos? –le espetó él. Entonces, señaló la puerta–. Sólo quiero que te marches por donde has llegado.

Brittany había llorado mucho en su adolescencia por todo lo que aquel hombre le había hecho pasar y no iba a quedarse allí y permitirle que volviera a hacerlo.

Se dio la vuelta y se dispuso a marcharse de allí sin mirar atrás.

–Eso es, sal huyendo, aunque esta vez, no tendrás ni un penique mío para que te amortigüe la caída cuando te caigas.

Un escalofrío recorrió el cuerpo de Brittany. Lentamente, se dio la vuelta.

–¿Qué es lo que acabas de decir?

La malvada sonrisa de su padre le puso la piel de gallina.

–Ya lo has oído. ¿Dinero de tu madre? Para nada. Tu madre no te dejó nada. Fue mi dinero el que derrochaste en tu viajecito. Mi dinero el que se aseguró que no terminaras en el arroyo.

Brittany se tambaleó. Tuvo que apoyarse sobre el marco de la puerta para no caerse. Se le retorcían las tripas ante tan dolorosa verdad.

–Por lo tanto, querida hija, parece que, después de todo, estás en deuda conmigo.

Con aquellas palabras resonándole en los oídos, ella salió del apartamento y se dirigió al coche. Allí, se derrumbó sobre el volante.

Había creído que había escapado de las garras de su padre diez años atrás. Se había esforzado para conseguir su independencia y había encontrado seguridad en su profesión.

Se había equivocado.

En ese momento, se juró que haría cualquier cosa para poder pagar su deuda. Entonces, se irguió y levantó la cabeza sabiendo muy bien qué era lo que tenía que hacer. Sólo había una manera de saldar una deuda de tal magnitud. En aquel momento, conseguir su ascenso era una necesidad real. Si tenía que elegir entre deber a su padre una enorme cantidad de dinero y aceptar la descabellada proposición de Nick, casarse con éste último le parecía el menor de dos males.

Brittany había ido a verlo.

Nick la observó entre los retrovisores de su Harley y trató de leer la expresión de su rostro sin conseguirlo. Ella le había dejado un mensaje en la recepción del hotel pidiéndole una reunión, a lo que él había contestado que se reunieran en la plantación. Esperaba que allí los recuerdos lograran desequilibrarla y la convirtieran en una mujer más vulnerable y más fácil de manipular. Lo que no había imaginado era que aquellos mismos recuerdo pudieran desestabilizarlo a él también. Con Britt allí, ataviada con una falda de color blanco y una camiseta rosa, mordiéndose el labio inferior tal y como era su costumbre, comprobó que así era. Llevaba el cabello recogido en una coleta, pero, a pesar de todo, tenía el aspecto de la fantasía más especial de Nick hecha realidad.

Brittany era eso precisamente, aunque jamás se lo había dicho. Había tenido su oportunidad diez años atrás y ella le había dejado muy claro lo que pensaba de su rechazo.

—Si dejas pasar esta oportunidad, Mancini, no volverás a tener otra. Ha llegado el momento. Tú y yo juntos. ¿Qué me dices?

La respuesta de Nick había sido más que clara. Le había dado un único beso de despedida para decir adiós a lo mejor que le había ocurrido en toda su vida y, tras dar un paso atrás, le dijo:

—No hay nosotros, pelirroja. Jamás lo habrá.

Brittany no lloró, algo por lo que él la admiró profundamente. No trató de hacerle cambiar de opinión. Se limitó a mirarlo con pena, a sacudir su larga melena y a marcharse de allí con la cabeza bien alta, dejándolo a él con un vacío en el corazón. Un vacío que había regresado multiplicado por diez a pesar de lo mucho que se había dicho que lo que los dos habían compartido no había sido más que un romance de adolescentes.

Decidió dejar atrás los recuerdos del pasado y se bajó de la Harley.

—Has venido.

—Sí. Gracias por acceder a reunirte conmigo.

—Vayamos a sentarnos —dijo él señalando el cobertizo de la maquinaria, donde había unas cuantas sillas—. ¿Has estado pensando en mi proposición?

Como si ella hubiera podido hacer otra cosa. Sin embargo, ignoró la pregunta y replicó:

—Quiero hablar de mi padre.

Ni hablar. Si había un tema del que él no estaba dispuesto a hablar, era Darby Lloyd. El padre de Brittany era un verdadero canalla. Había controlado todo y a todos en el distrito y había tomado la decisión de arruinar al padre de Nick hasta que él le dio lo que quería.

–No tengo mucho que decir sobre ese asunto –repuso él.

–Como muchas personas, pero quiero saber algo. ¿Te preguntó algo sobre mí cuando estábamos saliendo?

Nick sintió que se le helaba la sangre. No pensaba decirle la verdad sobre su padre ni lo haría nunca. Además, no se podía decir que Darby hubiera sido la causa de la ruptura de ambos. Había sido más fácil culpar a una relación que se desintegraba del hecho de que ella quisiera escapar de Jacaranda. Así, Nick podía vivir consigo mismo y con lo que había hecho.

Para poder justificar su ruptura, él se había dicho que las mujeres eran cambiantes. Su tía se había marchado a Melbourne con un vendedor, su madrina se había fugado a Bunbury con el carnicero. Su propia madre había abandonado a su familia y Britt había hecho lo mismo escapándose a Londres en cuanto cumplió los dieciocho años.

Tal vez ella lo hubiera invitado a fugarse con él, pero Nick sabía que, en realidad, él sólo representaba una fantasía adolescente en la que era una especie de Príncipe Azul que iba montado en su caballo blanco para salvarla. El problema con las fantasías es que no son ciertas y él se había visto obligado a explotar la burbuja antes de cometer el error de confiar en ella como había confiado en su madre.

–¿Qué hizo? Cuéntamelo.

Brittany chascó los dedos delante de su rostro e hizo que él se fijara en sus luminosos ojos azules. En ese momento, una parte de él deseó haberse dejado llevar por la fantasía. Si lo hubiera hecho, ¿dónde estarían en aquellos momentos? ¿Felizmente casados y con hijos? ¿Compartiendo confidencias y sueños? ¿Pasando todas las noches abrazados, recreando la magia, la pasión? Habría sido una vida maravillosa.

Sin embargo, había tomado su decisión. Había hecho su sacrificio y, considerando el éxito que tenía como empresario de la hostelería, la vida no le había ido tan mal.

–Estaba pensando en los buenos tiempos –respondió tratando de distraerla. No quería hablar de su padre. Ni en aquel momento ni nunca.

–¿En los buenos tiempos? –replicó ella–. ¿Cuáles? ¿En los que me atabas las trenzas al asiento del autobús o en los que me quitabas el almuerzo o me tirabas mis cosas al río?

Nick sonrió.

–Te encantaba. ¿Te acuerdas aquella vez que te metí un sapo en la mochila?

Brittany sonrió también.

–Sí, claro. Eso me encantó.

–¿Y cuando te froté ajo en tu camiseta de Spandau Ballet?

–Eras un idiota.

–Veo que no has cambiado en absoluto, pelirroja. Eso me ha dolido.

–Tú tampoco has cambiado, nada. Ahora, ¿podemos volver al tema de mi padre?

–Ya sabes lo mucho que tu padre odiaba a cualquier chico que se te acercaba. ¿Por qué sacas todo esto ahora?

Brittany se mordió el labio inferior. Parecía muy nerviosa.

–Porque fui a visitarlo ayer –dijo. Tomó asiento y lo miró con desesperación, tanta que Nick tuvo que contenerse para no tomarla entre sus brazos y reconfortarla–. No ha cambiado en nada.

Nick se tragó la amargura que sintió al pensar en Darby Lloyd y en su manera de envenenarlo todo, incluso a su propia hija. Jamás había podido culparla por salir huyendo. Se preguntó más bien por qué había tardado tanto.

Incapaz de resistirse, extendió una mano y agarró la de ella. Se sorprendió y agradeció que Brittany se lo permitiera.

–¿Quieres saber lo que pienso? –le preguntó. Brittany asintió. Tenía la mirada llena de dolor–. Que has seguido con tu vida. Por lo que me has dicho, eres una mujer de negocios de éxito, con una impresionante trayectoria profesional. No dejes que el pasado vuelva a absorberte –añadió. Le apretó la mano y le deslizó el pulgar por el reverso–. No merece la pena.

–Gracias –musitó ella.

Se secó con furia las lágrimas. Sintió que, desde que llegó a Jacaranda, sólo había hecho el ridículo. Había dejado que Nick la besara, había esperado que su padre hubiera cambiado... No tenía que comportarse como una niña de dos años. Podía soportar un Nick que se metiera con ella, pero uno que se mostrara compasivo...

–Eh, no llores.

Él se inclinó sobre ella y le secó las lágrimas de las mejillas.

–Supongo que la diferencia horaria me está pasando por fin factura –susurró Brittany.

–Ven aquí...

Antes de que pudiera protestar, Nick la tomó en brazos y la estrechó contra su cuerpo. Comenzó a acariciarle el cabello y a consolarla con suaves palabras. Para Brittany, verse así, envuelta en los fuertes brazos de Nick y en su aroma, apretada contra el firme torso, era cualquier cosa menos tranquilizador.

Aquel gesto resucitaba una serie de sentimientos que poco tenían que ver con el consuelo. El deseo se apoderó de ella y la impidió moverse. Aunque hubiera querido apartarse, no habría podido. Sin embargo, que Dios la ayudara, aquello era lo último que deseaba hacer.

Le deslizó los brazos por la cintura y se permitió el lujo de gozar con el calor que irradiaba a través de la camiseta de algodón que él llevaba puesta. Entonces, cerró los ojos y suspiró, consciente de que no había otro lugar en el mundo en el que prefiriera estar en aquel momento.

Londres era su vida. Allí, había tratado de olvidar a Nick, pero pocas veces lo había conseguido. Siempre se había preguntado qué era lo que él estaba haciendo, con quién estaba o dónde estarían ambos si él le hubiera dicho que sí diez años atrás.

–¿Estás bien ahora?

Nick se retiró con tanta rapidez que ella estuvo a punto de caerse de la silla.

–Sí, gracias.

Observó su rostro para tratar de comprender lo que él estaba pensando, pero, tal y como era su costumbre, Nick se había puesto una máscara y no le dejaba ver lo que estaba ocurriendo más allá de aquellos enigmáticos ojos oscuros.

–Tenemos otros asuntos de los que hablar.

Brittany sintió que el alma se le caía a los pies. Sin embargo, volvió a pensar en su padre y decidió que aquél era el único modo. Necesitaba ese ascenso más que nunca. Necesitaba el dinero para pagar una deuda de la que ni siquiera había sabido que existía y, cuanto antes lo hiciera, mejor. Entonces, por fin estaría libre.

–Tienes razón. Tenemos que hablar. Tengo ya una respuesta a tu proposición.

–¿Y?

Brittany tragó saliva. Sintió un nudo en la garganta por lo mucho que, a pesar de todo lo ocurrido entre ellos, seguía deseándolo. Nick le había propuesto un matrimonio por razones económicas, pero sabía que le resultaría imposible mantener las manos alejadas de él. Además, considerando que él la había besado en dos ocasiones, le daba la sensación de que el sentimiento era mutuo.

Entonces, ¿en qué situación se quedaban? ¿Cuáles serían las fronteras a su matrimonio?

–Deja de analizar la situación. Quiero conocer tu respuesta y ya veremos lo que hacemos después.

El corazón de Brittany latía a toda velocidad y la piel le hervía por el calor que emanaba de él. Apartó el rostro durante un instante, para luego mirarlo a los ojos.

Con una voz que no era más que un susurro, asintió.

–Mi respuesta es sí.

# *Capítulo Cinco*

Nick se detuvo junto a la entrada lateral de la sala de conferencias. No quería entrometerse, pero lo empujaba la curiosidad.

Desde que Britt había accedido a casarse con él, se había metamorfoseado en una dedicada mujer de negocios. Se había centrado en el trabajo con una intensidad que incluso a él, que era adicto al trabajo, lo sorprendía.

Jamás la había visto así. Centrada, decidida, con empuje, dando órdenes al equipo que había conseguido reunir en un tiempo récord. La observó atentamente. Iba vestida con un traje morado y llevaba el cabello recogido. Su rostro reflejaba concentración mientras tecleaba con una mano y pasaba documentos con la otra. En ese instante, él comprendió por qué Brittany había accedido a su proposición.

Su trabajo lo significaba todo para ella. A pesar de que él entendía su ambición, le resultaba imposible no desear que, en parte, ella hubiera accedido por la tensión sexual que había entre ellos. Su matrimonio tenía como motivación principal los negocios de ambos, ¿pero quién decía que no podían tener una verdadera luna de miel?

Ella levantó la cabeza y sus miradas se cruzaron. Entonces, frunció el ceño y miró los papeles que tenía encima de la mesa. Resultaba evidente que Brittany no deseaba que él estuviera allí. A pesar de todo, Nick entró en la sala y se sentó frente a ella.

–¿Cómo vas?

–Estoy muy ocupada –respondió ella, casi sin mirarlo.

–Ya lo veo.

–¿Tú no tienes trabajo que hacer?

–Me estoy tomando un descanso. ¿Puedo hacer algo para ayudar?

–No. Lo tengo todo bajo control.

–¿Y por qué tanta prisa?

–Fechas límite. Supongo que lo entenderás.

Nick le colocó la mano sobre el brazo y se inclinó sobre ella.

–¿Cuánto tiempo, pelirroja?

Ella le miró fijamente la mano como si fuera una serpiente. Entonces, lo miró a los ojos.

–No lo sé. Este asunto es muy importante. El director gerente no ha puesto una fecha límite, pero sabe que yo trabajo muy rápido. Mientras cumpla, todo depende de mí.

Nick quería seguir hablando del tema. Quería hablar de cuánto tiempo tendrían para conseguir que aquel matrimonio fuera todo lo real que pudiera ser, pero aquél no era ni el momento ni el lugar.

Apretó el brazo de Brittany, la soltó y se miró el reloj.

–Tengo una reunión, pero deberíamos vernos más tarde para hablar de nuestro *otro asunto*.

–No estoy segura de cuánto tiempo voy a estar aquí. Tengo mucho que hacer. Entonces, tengo que irme a la plant...

–Perfecto. Podemos hablar durante la cena.

Brittany abrió la boca para negarse, pero él levantó una ceja y la desafió a negarse.

–No te estarás echando atrás, ¿verdad? Porque si es así, yo podría tener que acelerar la venta de la plantación y...

–Bien. Nos veremos allí.

La frialdad del tono de su voz le demostró a Nick una vez más lo importante que aquel ascenso era para ella. Los matrimonios de conveniencia aún ocurrían en el mundo, pero Nick jamás hubiera pensado que él haría algo así, y mucho menos con la única mujer con la que había pensado que podría casarse por amor.

–Me alegro de que estemos de acuerdo.

Se levantó y la miró. Sintió deseos de deshacerle aquel elaborado peinado que llevaba para dejar que el cabello le cayera libre sobre los hombros. Como si ella presintiera lo que él estaba pensando, levantó la mirada.

–¿Por qué me estás mirando? ¿Deseas algo más?

Nick sonrió y se agachó para poder hablarle al oído.

–Voy a cocinar yo, pero espero que recuerdes lo mucho que me gusta el postre.

Cuando ella se puso de nuevo a trabajar, Nick soltó una carcajada. Entonces, le arrancó una horquilla y, tras colocarla sobre los papeles que ella tenía delante, se dirigió hacia la puerta.

–He traído el postre.

Brittany extendió el pastel de merengue de limón que había comprado y deseó que Nick se lo quitara inmediatamente de las manos

Se suponía que aquella cena debía tranquilizarla.

Era una cita previa a la boda para hablar de los planes que tenían y quitarse los nervios. Hasta aquel momento, no estaba funcionando.

–Gracias. Parece delicioso.

Por el modo en el que la miró, Brittany no tuvo duda alguna de que él no se estaba refiriendo al pastel. Se había pasado una hora decidiendo qué ponerse. Quería que su atuendo fuera casual, pero que, al mismo tiempo, llamara la atención de Nick. Por fin, se había decidido por unos pantalones de ante color caramelo y una camiseta color chocolate que se le ajustaba como una segunda piel. En Londres, compraba ropa y accesorios muy caros para encajar con la imagen que se esperaba de ella. Se vestía para impresionar. Estaba acostumbrada a ello. Aquélla era su excusa para querer tener el mejor aspecto posible aquella noche, pero...

–¿Qué hay para cenar?

–Para empezar, antipasto y para el plato principal raviolis caseros con relleno de espárragos y de puerros y acompañados por una salsa de cuatro quesos y hierbas.

–¿Preparas tú la pasta?

Brittany estaba muy sorprendida e impresionada. ¿Cómo encontraba Nick tiempo para dirigir un hotel, ocuparse de la plantación y ser un genio de la cocina?

Él se encogió de hombros.

–Estoy muy impresionada. ¿Hay algo que no seas capaz de hacer?

–No, aunque supongo que se me dan mejor unas cosas que otras.

Entonces, le guiñó un ojo y se dio la vuelta para seguir ocupándose de la cena.

Sí... Efectivamente, Brittany se acordaba muy bien de lo hábil que era en otras cosas. Acceder a aquella proposición de matrimonio había sido una locura. Era una estupidez pensar que podría mantener las distancias durante la duración del matrimonio, una de las cosas que tendrían que decidir aquella noche. No tenía duda de que aquella unión platónica iba a tener una fecha límite. Todos los acuerdos de negocios tenían un límite temporal... Entonces, ¿por qué sentía aquel vacío en el corazón?

–Esta noche tenemos muchas cosas de las que hablar.

–Con el estómago vacío, no. Primero vamos a cenar.

–Me parece bien.

Sin embargo, no estaba bien. Nada estaba bien. Mientras charlaban afablemente durante aquella deliciosa cena, Brittany no pudo olvidar que la verdadera razón por la que estaba allí era para poner los límites a aquel matrimonio. Aquello era algo con lo que había soñado diez años atrás, una boda romántica, por amor. De algún modo, la rápida ceremonia que tendrían en realidad no tenía el mismo atractivo.

Sintió una extraña sensación en el corazón. Algo parecía apretarle con fuerza, haciéndole el daño suficiente para que supiera que, aunque fingiera que todo aquello era una mera transacción comercial, que estaba vendiendo su alma.

Nick trató de no mirar fijamente a Brittany, pero le resultó imposible. Vio que ella tenía el ceño fruncido y una expresión pensativa mientras golpeaba el bolígrafo contra el cuaderno que tenía entre las manos.

—Nos olvidamos de algo –dijo.

–¿Quieres que eche yo un vistazo? –preguntó Nick. En su opinión, de lo único de lo que se habían olvidado era de lo agradable que era estar sentados juntos así.

—Mmm –respondió ella con actitud distraída, sin levantar la mirada del cuaderno–. Estaba segura de que lo había cubierto todo, pero...

Nick se sentó sobre el brazo del sofá al lado de Brittany, agradecido por la oportunidad de poder acercarse a la mujer que lo estaba volviendo loco muy lentamente con cada aleteo de sus pestañas, con cada sonrisa.

La cena había sido tranquila. El hecho de que ella apreciara verdaderamente sus habilidades culinarias le había hecho sentirse muy bien, aunque seguía existiendo una tensión latente entre ambos, que se notaba en cada mirada, en cada sonrisa.

Ella tenía un aspecto impresionante aquella noche, con su elegante camiseta y aquellos pantalones que se le ceñían perfectamente a las curvas, un cuerpo que parecía reclamar que él recorriera su silueta, pero lo que ocurría entre ellos era mucho más que eso.

Habían recuperado la cómoda camaradería que solían compartir en el pasado y él estaba encantado. Aunque no tenía ilusión alguna de que aquel matrimonio fuera otra cosa aparte de un conveniente acuerdo de negocios, sería mucho más fácil ser amigos.

O más que amigos, si tenía suerte. La deseaba más que nunca, hasta el punto de que lo que sentía hacia ella sería capaz de volverlo loco.

—Deja que eche un vistazo.

Nick se inclinó sobre ella. En aquel momento, su

deseo se acrecentó más aún cuando notó el ligero aroma a vainilla del perfume que ella llevaba. Cálido. Dulce. Tentador.

Así era exactamente como él la consideraba. Era el mismo perfume hipnótico que ella llevaba aquella fatídica noche de hacía diez años, la noche en la que Nick le había dicho que jamás podría haber nada entre ellos.

Deseó tener el mismo autocontrol en aquellos momentos.

–¿Qué es lo que falta?
–Esto.

Nick la obligó a levantar la barbilla y admiró sus mejillas ligeramente sonrosadas, los relucientes ojos azules, los brillantes labios. Era bellísima. Cuando vio que una chispa de deseo cobraba vida en los ojos de Brittany, comprendió que, aquella vez, no se vería satisfecho con unos cuantos besos.

Cuando se acercó a ella, Brittany se tensó y se apartó.

–Tenemos que concentrarnos. Cuanto antes nos casemos, antes podré yo empezar a trabajar por aquí y antes conseguiré mi ascenso. ¿Lo entiendes?

Le dedicó una nerviosa sonrisa antes de agitar el cuaderno delante de su rostro. Aunque a Nick nada le habría gustado más que ver si el deseo de ella se podía comparar con el de él, cedió.

Tras examinar la extensa lista que ella había redactado, Nick señaló los últimos asteriscos.

–De la licencia y las legalidades no hay que preocuparse –dijo. Cuando ella frunció el ceño, se encogió de hombros–. Las cosas resultan más fáciles cuando se tiene dinero.

Una sombra recorrió el rostro de Brittany y él lamentó en silencio su elección de palabras. Si alguien sabía la causa y el efecto del dinero, era ella. Su padre lo utilizaba muy liberalmente para comprar todo lo que quería y a quien quería.

Él lo sabía muy bien.

–Entonces, ¿ya tenemos sitio?

–Me pareció que el jardín del hotel sería un lugar muy adecuado. Cerca de la piscina.

–Bien. ¿Algo más?

–¿Qué te parece si lo anunciamos en el periódico para que resulte más auténtico?

–Eso es –dijo ella anotándolo inmediatamente–. Te diría que eres un genio, pero se te subiría a la cabeza.

–Ponme a prueba.

Aquellas palabras pusieron a Brittany en movimiento.

–Bueno, pues ya está. Gracias por la cena. Ha estado genial –dijo mientras se metía el cuaderno en el bolso–. Estoy bastante cansada, así que me marcho ya. El viernes es un día muy importante. Te enviaré una copa de la lista mañana. No tenemos mucho tiempo para organizarlo todo, por lo que cuanto antes lo hagamos, mejor. Yo...

–Pelirroja...

–¿Sí?

Ella se detuvo y respiró profundamente.

–Para ser una chica de ciudad, te aseguro que te estás comportando como una mojigata de pueblo.

Nick esperó que ella lanzara una andanada de frases de protesta, o al menos una afirmación contundente.

En vez de eso, ella lo miró fijamente, se sonrojó y salió precipitadamente por la puerta.

***

Brittany se apretó un poco más el cinturón de su bata color mandarina y agarró la taza de leche caliente con cacao mientras examinaba sus correos electrónicos. Tal y como se sentía después de haber cenado en casa de Nick, necesitaba algo que la ayudara a tranquilizar los nervios y el cacao caliente era perfecto.

Maldito Nick. Tenía razón.

Se había comportado como si fuera una mojigata, tal y como solía hacerlo con él hacía diez años. Se sobresaltaba cuando él la miraba, algo que había ocurrido con frecuencia, aunque aquello no había sido lo más difícil. Lo peor había sido cuando él la miraba como si quisiera devorarla, algo que había hecho en varias ocasiones. Incluso había tratado de besarla, lo que ella había evitado con un patético comentario sobre el hecho de que tenían que concentrarse. Sin embargo, estaba segura de que no lo había engañado. Lo había visto en sus ojos y en la sonrisa que se dibujó en sus labios.

Había deseado aquel beso, pero había hecho lo que debía y lo había impedido. Ella no quería que aquel matrimonio fuera real. Tenía una carrera de éxito esperándola en Londres. Un fabuloso ascenso, buenos amigos, un apartamento precioso... Todo lo que una mujer pudiera desear.

Lanzó un suspiro y dio un sorbo a la taza. Desgraciadamente, por muy maravillosa que fuera su vida en Londres, sólo le faltaba una cosa: una relación verdadera y duradera. No quería aventuras a corto plazo, que implicaran tan sólo quedar una sola vez a la semana para cenar y tener relaciones sexuales. Había probado ya aquellas opciones y le resultaban completamente deprimentes.

Ningún hombre había podido igualar lo que ella había sentido por Nick. Y ahí radicaba el problema.

–Genial –musitó mientras borraba varios correos electrónicos y deseaba poder borrar igual de fácilmente lo que sentía por Nick.

Sólo hacía unos días que había regresado a Australia y había vuelto a lo de siempre. No dejaba de pensar en él, preguntándose lo que pensaba de ella y esperando que él sintiera la mitad de lo que ella sentía.

Patético.

El último correo consiguió que no siguiera pensando en Nick. Su jefe le había dado vía libre para completar su trabajo, así que, ¿por qué le enviaba un mensaje que llevaba como título *Tiempo limitado*?

*PARA: BrittanyLloyd@Sell.London.com*
*DE: DavidWaterson@Sell.London.com*
*ASUNTO: Tiempo limitado*
*Hola, Brittany:*
*¿Qué tal lo está pasando mi número uno de marketing en las Antípodas? Espero que estés trabajando mucho. Sé que no pusimos una fecha límite para este asunto, pero ha habido un cambio de planes. Parece que Sell va a ampliar su delegación en Nueva York antes de lo que habíamos pensando y quieren que yo asuma el mando lo antes posible, lo que significa que mi puesto aquí en Londres debe estar cubierto antes de tres meses.*

*Para ser justos con todos los posibles candidatos, necesitamos que acabes esa presentación dentro de un máximo de*

*ocho semanas. Espero que esto sea viable. Si no lo fuera, ponte en contacto conmigo. Tenemos grandes esperanzas puestas en ti, así que no nos defraudes.*
*David*

Brittany se pasó una mano por los ojos y volvió a leer el correo.

Ocho semanas.

Dos breves meses en los que recoger información, tomar fotografías y perfeccionar su presentación. Ah, y contraer matrimonio

¿En qué estaba pensando?

Sin embargo, si la boda no tenía lugar, no tendría acceso a la plantación y eso significaba que no podría conseguir su ascenso en ningún caso.

Tenía las manos atadas.

En confianza, David le había asegurado que el puesto de director gerente sería suyo si presentaba un proyecto maravilloso. Debería estar dando saltos de alegría.

Sin embargo, cuanto más miraba el correo de su jefe, más consciente era de lo lejos que estaba Londres de Noosa... y de su futuro esposo.

# *Capítulo Seis*

–Este lugar ha cambiado tanto...

Brittany miraba de un lado a otro mientras paseaba por Hastings Street, la principal calle de Noosa, con Nick.

–Tiendas, cafés, restaurantes, hoteles de cinco estrellas... Casi podemos rivalizar con Londres.

–Casi.

Nick le colocó una mano sobre el brazo para que ella se detuviera, más sorprendida por el contacto que por la transformación de la ciudad.

–Hay una cosa de la que no hablamos la otra noche.

¿Sólo una? A Brittany se le ocurrían varias, incluyendo el hecho de cómo de platónico iba a ser aquel matrimonio, dónde iban a vivir y el tiempo que estarían fingiendo. Y eso era sólo para empezar.

–¿De qué se trata?

–Del tiempo que te vas a quedar aquí.

Brittany tenía que decirle la verdad, tenía que decirle que tenían ocho semanas para conseguir que pareciera que su matrimonio era real. Se encogió de hombros y señaló el bar frente al que se habían detenido.

–Todo depende del tiempo que tarde el trabajo. Me apetece comer algo. Me muero de hambre.

–Está bien.

Entraron en el bar y se dirigieron a una acogedora

mesa en un rincón apartado. Nick pidió para ambos antes de volver a mirarla.

—¿Estamos hablando de dos meses? ¿De cuatro? ¿De más tiempo?

—Estás obsesionado con el tiempo, ¿verdad?

—Bueno, yo no diría que es una obsesión —replicó él—. Me vale con una respuesta sincera.

—El tiempo que tardemos —dijo, odiando la pequeña mentira piadosa que tenía que contar—. Tengo a mis empleados dispuestos, por lo que, cuando estemos casados, me puedo poner a trabajar.

Entonces, tomó una aceituna de una bandeja que les habían servido y siguió hablando.

—Supongo que querrás saber lo que ocurre cuando yo haya terminado.

Para su sorpresa, él negó con la cabeza.

—En realidad, no. Me preocupa más el aquí y el ahora y el hecho de reforzar mi reputación con mis inversores.

—Entonces, cuando yo me marche...

—Cuando tú te marches, yo me comportaré como si no hubiera pasado nada. Tendremos un matrimonio moderno, en el que pasamos varios meses del año juntos y varios separados, dado que los dos realizamos nuestras profesiones en dos continentes diferentes. La gente del mundo de los negocios lo comprende perfectamente.

—Pero...

—Además, eso no le importa a nadie más que a nosotros —dijo él con voz fría y segura—. Esto va a salir bien. Confía en mí.

Nick colocó una mano sobre la de ella. Brittany, en vez de apartarla, lo que hubiera sido lo más sensato, dio la vuelta a la suya y entrelazó los dedos con los de él. Nick se la apretó y sonrió.

−Muy bien. ¿Estás lista para mañana?

−Todo lo lista que puedo estar.

Había encontrado un vestido en una boutique, unos zapatos a juego y tenía cita en una peluquería, pero la verdad era que jamás estaría lista para casarse con el único hombre que había amado de verdad sabiendo que el matrimonio que compartían era falso.

−Sobre la luna de miel...

Ella lo miró y no le gustó el brillo pícaro que vio en los ojos de Nick.

−La luna de miel no formaba parte del trato.

Apartó la mano de la de él y tomó su vaso de agua. Él sonrió.

−Está bien. Nada de luna de miel.

−Bien.

−Pero necesitamos tener una noche de bodas.

−Ni hablar...

−Este matrimonio tiene que parecer real. Yo soy un hombre de negocios muy importante en esta zona y, si no nos vamos de viaje, deberíamos tener algo especial para nuestra noche de bodas. Si no, la gente podría empezar a hablar.

En eso, Nick tenía razón.

No tenía que ser nada del otro mundo. Podrían compartir una habitación. Eso no significaba que tuvieran que hacer algo dentro.

−Está bien −admitió.

Nick se inclinó hacia ella y le susurró al oído:

−No te sentirás desilusionada.

Brittany consiguió esbozar una sonrisa a pesar del deseo que se despertó en ella y que hizo que le temblaran las piernas. Asintió y rezó en silencio para tener fuerzas. Le daba la sensación de que iba a necesitarlas para lo que Nick tuviera en mente para el día siguiente.

La mano de Brittany temblaba mientras se aplicaba el rímel en las pestañas. Parpadeó varias veces y se alegró de haber elegido uno que no se corría.

Ya había estado a punto de llorar en dos ocasiones. La primera fue cuando abrió la puerta y se encontró con un hermoso ramo de flores y la segunda cuando colgó cuidadosamente su vestido de novia de la puerta.

Nick le había enviado las flores, acompañadas de una breve nota.

*Para mi futura esposa. Nick.*

En cuanto al vestido...

Había querido comprar algo sencillo, práctico, un vestido que pudiera volver a ponerse. ¿Por qué gastarse dinero en un vestido de verdad cuando aquel matrimonio distaba mucho de serlo?

Eso había sido antes de que viera el vestido de seda color marfil, con escote palabra de honor. En ese momento, su romántico corazón le dijo que era ése el que debía comprar.

Además, cuando tocó el vestido, vio magia. Un matrimonio mágico, lleno de luz y alegría. Y amor. Un espejismo de ensueño de un guapo novio muy enamorado y una novia que creía en el final feliz que siempre había soñado. Un misterio mágico que, a pesar de la motivación que ambos tenían para aquel matrimonio, indicaba que se estaban embarcando en algo verdaderamente maravilloso.

Se miró por última vez en el espejo y sacudió la cabeza.

La magia no era real. Ella era una estúpida si soñaba que aquel matrimonio podía ser algo más que un acuerdo empresarial.

Entonces, se quitó la bata y se dirigió hacia la puerta de la que colgaba el vestido. Retiró la funda y, con gran reverencia, lo sacó. Se le hizo un nudo en la garganta. Tragó varias veces saliva. El vestido era un sueño. Sintió que la respiración se le cortaba mientras se lo ponía y deseó que todo fuera real.

Se lo puso con los ojos cerrados. Entonces, casi a punto de desmayarse por la ansiedad, volvió a respirar profundamente y abrió los ojos.

Parecía una novia.

Sin embargo, no era el divino vestido ni el elaborado peinado o el inmaculado maquillaje lo que hacían que todo aquello pareciera real, sino la expresión de anhelo y esperanza que había en su mirada.

A pesar de todas las cosas sensatas que no hacía más que decirse, tenía el aspecto de una novia a punto de casarse con el hombre de sus sueños.


Brittany contuvo el aliento cuando salió del hotel y vio por primera vez a su futuro esposo.

Nick estaba de pie bajo un hermoso árbol, con un impecable esmoquin negro. El sol se ponía a sus espaldas y cubría todo de una luz dorada. Las suaves luces que colgaban de los árboles del jardín titilaban suavemente, dándole a la escena un aspecto surrealista.

Dio un paso al frente. Desde allí, no podía ver la expresión del rostro de Nick, pero mientras avanzaba hacia él, las sombras que cubrían su rostro se despejaron. Lo que vio volvió a cortarle la respiración.

¿Por qué tenía que ser tan guapo?

Había sido él quien le había hecho aquella ridícula proposición y le había dejado muy claro lo que los dos sacarían de ello. Entonces, ¿por qué tenía la expresión de éxtasis y de orgullo de un hombre que acaba de ver por primera vez a la que verdaderamente había elegido como su futura esposa?

Los latidos del corazón se le aceleraban a cada paso que daba. Deseaba terminar con todo aquello de una vez por todas. Cuanto más se acercaba, más alto le rugía su corazón. Cuando por fin se detuvo junto a él, temblaba de nervios.

–Eres una novia muy hermosa –le murmuró Nick al oído, tan cerca que su aliento le puso la piel de gallina.

–Gracias.

Miró al juez de paz y a los dos testigos, que iban vestidos con el uniforme del hotel. ¿Cómo había consentido algo así? ¿Una boda rápida, vacía y sin significado, con el hombre al que en el pasado había amado con todo su corazón, tan sólo para asegurar un ascenso?

–Todo va a salir bien.

Nick le apretó la mano afectuosamente.

–Confía en mí.

¿Que confiara en él?

Le había confiado su corazón, su virginidad y él la había dejado marchar. No podía confiar en él. Forzó una sonrisa.

–Acabemos con esto.

El rostro de Nick volvió a llenarse de sombras. Su

alegría desapareció. Brittany se reprendió mentalmente por haber sonado tan brusca.

Nick no la estaba obligando a casarse. Ella era una mujer hecha y derecha y había tomado aquella decisión por voluntad propia. El momento de la verdad había llegado y tenía que afrontarlo.

Él le indicó al juez que empezara la ceremonia. Los siguientes quince minutos pasaron volando marcados por votos sin sentido, promesas vacías y sonrisas fingidas. A Brittany le dolía tanto el corazón que estuvo a punto de llorar en dos ocasiones, pero una mirada a los decididos ojos de Nick le dio la fuerza que necesitaba para superarlo.

Hasta que llegó el beso.

–Ahora, puedes besar a la novia.

El juez sonrió como si acabara de concederles el mayor regalo posible, pero en lo único en lo que Brittany podía pensar era en cómo aguantar cuando los labios de Nick tocaran los suyos.

Cerró los ojos para no llorar y para no ver cómo él se acercaba. Todo transcurrió lenta, muy lentamente, cuando ella sólo deseaba que todo terminara lo más rápidamente posible.

Quería un beso rápido y lo que obtuvo fue algo completamente diferente. Algo dulce, embriagador, que la atraía hacia él como un hilo de seda invisible del que Nick tirara suavemente.

No podía romper el hechizo mientras él la besaba de verdad, con un profundo sentimiento vibrando entre ellos. Fue entonces cuando las lágrimas comenzaron a caerle por las mejillas. Nick se las secaba con los pulgares. La sonrisa de él era demasiado cálida, demasiado tierna, demasiado comprensiva.

—Maldito seas, Mancini...

—No te resistas...

Brittany no tenía posibilidad alguna de resistirse. Sin embargo, sabía que no debía ceder por completo a la atracción que existía entre ambos ni a la tentación de conseguir que aquel matrimonio fuera real. Tenía una vida en Londres, un ascenso que conseguir. Entonces, ¿por qué lloraba aún más al pensar que tarde o temprano tendría que dejar atrás todo lo que tenía en Australia, incluido a Nick?

—Vamos. Ya casi hemos terminado. Entonces, podremos relajarnos.

Nick no le soltó la mano mientras firmaban los certificados ni durante las felicitaciones del juez ni de los testigos ni mientras subían en ascensor a la quinta planta.

—¿Adónde vamos?

Era una pregunta estúpida, porque Brittany lo sabía perfectamente. Todo su cuerpo estaba en estado de alerta.

Tenían que fingir una noche de bodas para que todo el mundo creyera que aquel matrimonio era real. Eso lo entendía. Lo que le estaba costando asimilar era lo de fingir.

—A nuestra suite —dijo él—. Es una de las mejores del hotel. La clase de alojamiento que permite a sus ocupantes trasladarse a un mundo diferente en el que puedan realizar todas sus fantasías.

Brittany se echó a temblar al escuchar el tono ronco de la voz de Nick. Sentía un hormigueo de alarma en la piel. ¿Por qué había tenido que mencionar él las fantasías? Ya habría sido bastante difícil resistirse a un hombre como Nick sin la presión añadida de una habitación maravillosa en la que, posiblemente, lo vería desnudo, con el cabello revuelto por el sueño y aquella sensual sonrisa jugueteándole en los labios.

–Estoy segura de que la suite es muy bonita.

–Te aseguro que es más que bonita –susurró él–. Se llama la suite Francesa. Espero que te guste.

¿La suite Francesa?

De repente, la decisión de compartir habitación con Nick adquirió un significado nuevo. Podría haber tolerado una habitación normal. Sin embargo, la suite Francesa sonaba demasiado sugerente. En aquellos momentos, Nick se estaba sacando la tarjeta del bolsillo. Se detuvieron frente a una elaborada puerta de marfil y oro y, en aquel momento, ella decidió que tenía cosas más importantes de las que preocuparse.

¿Cómo podría mantener las distancias con el hombre que llevaba amando tantos años? Y, más importante aún, ¿quería de verdad hacerlo?

# *Capítulo Siete*

Nick agarró la mano de Brittany mientras introducía la tarjeta en la ranura y esperó a que se encendiera la luz verde.

Su suite.

Iban a compartir aquella suite durante una noche. Su noche de bodas. Nick no podía pensar en otra cosa mientras abría la puerta y le indicaba a ella que entrara.

–Dios mío...

La sorpresa que se reflejó en aquellas palabras hizo que él se irguiera de orgullo. El hecho de que la mujer con la que se había casado, la mujer cuya opinión él siempre había valorado, admirara aquella suite le hacía muy feliz.

–¿Te gusta?

Ella asintió mientras recorría la suite con la mirada. Se fijó en la enorme cama con dosel cubierta de una hermosa colcha dorada y marfil con cojines a juego.

–Conociendo tu sentido del humor, cuando hablaste de una suite Francesa, me imaginé un disfraz de camarera en vez de esponjosos albornoces y elegante decoración.

–Si esta suite es demasiado aburrida, nos podemos cambiar a otra. La suite Romana, por ejemplo, que tiene columnas de mármol alrededor de un jacuzzi que hay en el centro de la habitación. También está la suite Escocesa, con una lujosa chimenea y alfombra de piel delante. O, si por el contrario te sientes aventurera, siempre está la suite de los Aperos, con látigos incluidos, para los que buscan un poco de excitación añadida en su vida.

–¿Látigos? –preguntó ella alarmada.

Nick se echó a reír.

–Está bien. Tal vez acabe de inventarme esa suite, pero tal vez podría atraer a algunos clientes nuevos.

–¿Qué clase de hotel es éste? –preguntó ella, como si estuviera escandalizada.

–Lamento lo que estás implicando, señorita.

Para sorpresa de Nick, la picardía había vuelto a los ojos de Brittany.

–Ahora, para ti debería ser esposa.

Efectivamente, estaban casados. Y aquélla era su noche de bodas. Ni las bromas ni los juegos aplacarían la necesidad de Nick de consumar aquel matrimonio. Los negocios tal vez fueran el motivo para aquellas nupcias, pero la posibilidad de tener a Britt entre sus brazos era un derecho al que no podía renunciar.

Dio un paso hacia ella y le acarició el brazo con un dedo. Contempló con gozo cómo ella se echaba a temblar, lo que demostraba que no era tan inmune a sus caricias como ella quería hacerle creer.

–Esposa... Me gusta el sonido de esa palabra.

–Sólo de cara a la galería, por supuesto.

Tal vez las palabras de Britt resultaron duras, pero no se movió cuando el dedo de Nick continuó su camino. Alcanzó el hombro y se deslizó por encima de la clavícula. Entonces, se detuvo bajo la garganta, donde el pulso le latía a ella frenéticamente.

–Por supuesto –dijo él. Bajó la cabeza para sustituir al dedo con los labios. Se excitó al escuchar el gemido que ella dejó escapar y el modo en el que echó la cabeza hacia atrás para franquearle el acceso.

–Esto no debería estar ocurriendo –murmuró ella mientras Nick deslizaba los labios hacia la oreja. Allí, comenzó a mordisquearle el lóbulo antes de adueñarse de su boca con un fiero beso que la marcaba como suya.

Una ardiente necesidad explotó en él cuando la lengua de Brittany tocó la suya, la misma necesidad que lo había llevado a poseerla años antes. Nada había cambiado. Absolutamente nada. Nick seguía siendo el mismo muchacho enamorado que había caído bajo el embrujo de Brittany.

Ese hecho debería haberlo enojado, dado que él no se parecía en nada al muchacho de clase baja que había sido entonces, pero no le importaba. Apartó la boca de la de ella y le agarró el rostro entre las manos, notando los henchidos labios. Como respuesta, su libido comenzó a rugir.

–¿Sabes una cosa? Esto estaba destinado a ocurrir desde el momento en el que regresaste.

–Te equivocas. Nada ha salido según el plan desde que regresé.

Al escuchar aquellas palabras, Nick sintió un profundo dolor. Dejó caer las manos y dio un paso atrás.

–Dime que no deseas consumar este matrimonio tanto como yo.

Brittany no respondió. Parecía triste. No tenía nada que ver con la alegre pelirroja que él había conocido. Aquel pensamiento le dolió tanto como una patada en el estómago. Sin embargo, fue la llamada que necesitaba.

–Olvídalo. Voy a salir un rato. Volveré más tarde.
Con un rápido movimiento, abrió la puerta.
–¡Nick, espera!
Él no lo hizo. Abandonó a su esposa. Dio un portazo a lo que había soñado que sería una memorable noche de bodas.

Brittany se quitó las sandalias de una patada, se arrancó el vestido de novia y se deshizo de las flores que llevaba en el cabello, aplastándolas a continuación con la palma de la mano. Entonces, se tumbó en la cama y dejó que los pétalos se le deslizaran entre los dedos para caer al suelo.

Como si superar la ceremonia no hubiera sido ya lo suficientemente duro. Fingir que no quería una boda de verdad podría haberla vuelto loca.

Nick la deseaba. Ella deseaba a Nick. ¿Qué problema había?

Su corazón. Su estúpido e impresionable corazón. Pensar que sólo se casaba por negocios no encajaba con lo que sentía por Nick. Él la había dejado marcharse entonces y volvería a hacerlo. Entonces, ¿por qué había vuelto a enamorarse de él?

Con un gruñido de frustración, se dirigió al cuarto de baño. Un buen baño podría ayudarla a eliminar la tensión.

Mientras la bañera se llenaba, recorría el cuarto de baño, examinando los exclusivos productos de aseo y tratando de no mirarse al espejo. Cuando, en ocasiones, lo hacía, no le gustaba en absoluto lo que veía: una mujer con lencería muy sexy, labios henchidos por los besos, ojos brillantes y un aura que ningún producto de belleza podría proporcionarle. Una mujer que, inconscientemente, se había comprado el sujetador de encaje de color marfil con braguitas a juego con la esperanza de poder enseñárselo al hombre que aún le gustaba.

Una mujer que se estaba engañando.

Eso fue lo que más le dolió. Era una mujer astuta e inteligente para los negocios y, sin embargo, estaba tratando de engañarse a sí misma.

Deseaba a Nick. Todo se reducía a aquellas tres palabras. En aquellos momentos, su trabajo y su ascenso podrían ser las razones de que estuviera allí, pero Nick era su motivación para quedarse.

Odiaba la manipulación y las mentiras. Su padre se había encargado de eso. Entonces, ¿por qué estaba perdiendo el tiempo mintiéndose? Dentro de un mes no estaría allí. Habría regresado a su ordenada vida. ¿Por qué no disfrutar al máximo del poco tiempo que tenían?

Tanto si se acostaba con Nick como si no, pasar las siguientes ocho semanas a su lado terminaría por romperle el corazón. Al menos, así se divertiría.

Después de cerrar el grifo, se desnudó por completo, se sumergió hasta el cuello en la fragante agua y suspiró de placer. Cerró los ojos y trató de relajarse. Sin embargo, lo único que consiguió fue regresar al pasado y recordar la primera vez que Nick le hizo el amor.

La invitó a cenar a la plantación cuando su padre se había marchado a Brisbane de viaje de negocios. Compartieron pizza y refrescos de cola, que Nick le lamió de la mano cuando a ella se le derramó.

Nick se encargó de que su primera vez fuera especial. Se mostró cariñoso, cuidadoso y sorprendente.

Trató la virginidad de Brittany como un precioso regalo que ella le había dado. Ella jamás lo había olvidado. Jamás había olvidado a Nick. Ya iba siendo hora de que dejara de fingir que no quería recrear la magia que los dos habían compartido entre las sábanas.

Se sumergió en el agua para tratar de borrar sus recuerdos. Pensó que lo había conseguido hasta que volvió a salir a la superficie. Cuando abrió los ojos y vio a Nick apoyado contra la puerta, mirándola con un deseo apenas disimulado en sus increíbles ojos oscuros, decidió que tenía ante sí a un hombre que necesitaba desesperadamente un baño.

## *Capítulo Ocho*

Nick respiró profundamente, deseando que su pulso se aminorara y que el corazón dejara de latirle de aquel modo.

–Has vuelto.

Aquella deliciosa sonrisa que Brittany le dedicó lo obligó a agarrarse al marco de la puerta para no dirigirse a la bañera y sacarla de ella. Por suerte, ella sólo tenía visible la cabeza. El resto de su apetitoso cuerpo quedaba sumergido bajo una capa de burbujas, que, a pesar de todo, no lograban aplacar su imaginación. Se imaginaba exactamente qué delicias quedaban escondidas bajo aquellas burbujas y las imágenes no ayudaban a tranquilizar su corazón.

–Sí. Quería estar aquí.

–Me alegro.

–¿De verdad?

Nick había regresado porque aquélla era su noche de bodas y, aunque el deseo podría haberlo cegado temporalmente, el hecho de que hubiera más clientes internacionales registrándose en el hotel cuando bajó lo alertó del hecho de que necesitaba que aquel matrimonio pareciera real para que los inversores lo aceptaran como uno de ellos. Aquélla era la razón por la que se le había ocurrido aquel alocado plan. Sin embargo, sus motivaciones se habían ido diluyendo hasta que lo único que había podido ver era Britt.

Ella asintió

–Sí. No me gustó nada cómo terminaron las cosas antes. ¿Por qué no dejas que acabe de bañarme para que podamos hablar?

–Está bien.

–Dame cinco minutos para que salga.

Nick consiguió asentir con la cabeza antes de darse la vuelta y cerrar la puerta. Maldita sea, ¿por qué no había cerrado ella la puerta antes de meterse en el baño? ¿Acaso no sabía el efecto que ejercía sobre él? Por supuesto que sí. Entonces, tuvo un desagradable pensamiento que se le ocurrió de repente y hacía que su comportamiento tuviera sentido.

Desde que Brittany llegó, ella no había mostrado demasiado interés por él como hombre. Había tonteado con él, pero eso no era ninguna novedad. Brittany siempre lo había hecho.

Él fue el primero que la besó cuando ella llegó allí. Quiso besarla después de cenar en la plantación, pero ella se había apartado. Había sido él quien había insistido en compartir una habitación aquella noche. Por su reacción posterior, resultaba evidente que ella no.

Había respondido a sus besos, eso sí, pero tal vez lo había hecho por los viejos tiempos. O tal vez no había querido poner en peligro el acuerdo al que habían llegado y arriesgar su ascenso. Todo tenía sentido.

En realidad, ¿hasta dónde quería él llevar aquella situación? Brittany se marcharía cuando su negocio en Australia hubiera terminado. Regresaría a su vida en Londres y él se quedaría allí, fingiendo que tenía un matrimonio moderno de dos personas muy ocupadas profesionalmente que vivían al otro lado del planeta.

La última vez había dejado que ella se marchara. No le había dicho la verdad. ¿Qué sería diferente diez años después?

Sacudió la cabeza, se quitó el esmoquin y se puso una camiseta y unos vaqueros. Le habría encantado darse una ducha, pero no podía utilizar el cuarto de baño cuando hacía tan poco tiempo que ella lo había dejado vacío. El aroma de Brittany aún flotaba por todas partes. Sería demasiado.

Y ella quería hablar.

No había duda de que aquella frase terminaba de repente con la libido. En su experiencia, cuando las mujeres querían hablar, querían poner reglas. No obstante, fuera lo que fuera lo que ella tuviera que decir, tendría que enfrentarse a ello, igual que lo había hecho con la obsesión, aunque sólo por su parte, de conseguir que el matrimonio fuera real.

Después de lavarse los dientes, Brittany se miró en el espejo. Sin maquillaje y con el sencillo pijama de algodón puesto, estaba segura de que no ganaría ninguno de los concursos de Victoria's Secret. Era justo el aspecto que buscaba antes de darse un baño y comprender que tenía que aprovechar al máximo los dos meses que iba a pasar con el hombre más sexy de la Tierra.

Por fin, había decidido que se iba a dejar llevar. Sin embargo, tenía un problema. El pijama que se había llevado era uno que se había comprado especialmente para tener el aspecto menos atractivo posible. En cuanto a la lencería que se iba a poner, se le había caído al lavabo y se le había mojado y ella no tenía deseo alguno de ir al dormitorio con ropa interior mojada. Esto sólo le dejaba una opción viable.

Se quitó el pijama y se puso un enorme albornoz sobre su húmedo y excitado cuerpo, respiró profundamente y se preparó para abandonar el cuarto de baño. Sólo un albornoz se interponía entre Nick y ella. Como si no estuviera ya lo bastante nerviosa.

Nick estaba de espaldas a ella, lo que Brittany agradeció. Una camiseta de algodón negra se moldeaba a sus anchos hombros, ciñendo el fuerte contorno de su cuerpo y de su espalda hasta llegar a una estrecha cintura...

Mientras tenía los ojos sobre el trasero, debió de hacer algún sonido porque él se dio la vuelta. Tenía los ojos muy oscuros. Tragó saliva.

Brittany sonrió pícaramente. La reacción que él tuvo le dio alas al valor que le estaba empezando a fallar.

—Para que lo sepas —dijo sacudiendo la cabeza como si estuviera tratando de salir de un trance—, si estás pensando en evitar que yo te seduzca, vas a necesitar mucho más que un albornoz. Más bien un guardarropa entero.

—Bueno, yo quería hablar de...

—¿Sí?

La interrupción de Nick provocó que ella se quedara con la boca abierta, mirándolo como si fuera una idiota sin saber qué era lo que iba a decir.

—Estabas diciendo algo sobre seducirme...

La amplia sonrisa de Nick rompió la tensión. Ella sonrió también.

—Más quisieras tú.

—No sabes cuánto.

El intenso tono de la voz de Nick provocó que el deseo se licuara en partes del cuerpo de Brittany a las que ella llevaba mucho tiempo sin prestar atención. Cada centímetro de su piel se puso en estado de alerta cuando los dos se sentaron encima de la cama.

Mientras ella estaba tratando de pronunciar las palabras que tanto le estaba costando articular, Nick suspiró.

–Lo he estado pensando y tenías razón.

¿Cómo? ¡No! Brittany abrió la boca, pero él siguió hablando antes de que ella pudiera decir nada.

–A ver si lo adivino. No estás interesada en cambiar el estado de las cosas entre nosotros. No quieres estropear una buena relación de trabajo ni arriesgarte a afectar a nuestro trato dejando que el sexo se meta por medio, ¿verdad?

¡No, no y no!

Lógicamente, lo que él decía tenía mucho sentido. Nick acababa de pronunciar los argumentos que ella misma se había dicho desde el momento en el que aceptó aquella ridícula proposición.

¿Qué le podía contestar?

Si le decía que había cambiado de parecer, Nick podría pensar que era una mujer voluble e indecisa. Además, ya jamás le podría convencer que el hecho de que hubiera aceptado su propuesta en primer lugar había sido exclusivamente por el bien de su trayectoria profesional. Para él, tener relaciones sexuales resultaría muy satisfactorio desde el punto de vista personal. Para ella, sería mucho más y Nick se daría cuenta. Brittany se lo había dicho así hacía diez años y sabía que él no lo habría olvidado.

–Sólo negocios, ¿verdad?

Con el corazón apesadumbrado, Brittany asintió.

–En ese caso muy bien. Me alegro de que lo hayamos zanjado.

Nick no se movió de su lado. Cuando Brittany levantó la mirada, comprendió que, en realidad, no había nada zanjado. Nick la estaba devorando con la mirada.

–Britt...

–¿Sí? –susurró ella.

–Eres una novia preciosa.

–El vestido era muy bonito... –comentó ella sin saber qué decir.

–No estaba hablando del vestido.

Nick colocó la mano encima de la de ella. Aquel simple contacto encendió el cuerpo de Brittany una vez más. Cuando le miró a los ojos, le resultó imposible apartarlos. La tensión restalló entre ellos. Brittany no sabía si retirar la mano o cerrar la distancia que los separaba y sentarse sobre su regazo.

–Sigues siendo la mujer más hermosa que he visto nunca.

Un suave suspiro se escapó de los labios de Brittany, un suspiro lleno de esperanza, de miedo y de deseos de cambio. Ojalá aquélla pudiera ser una boda de verdad en todos los sentidos de la palabra.

–Y tú sigues siendo un seductor –susurró ella con una sonrisa.

–¿Y estoy consiguiendo mis propósitos?

–Eso depende de por qué estés intentando seducirme.

–Ésa es la pregunta del millón...

En vez de soltarle la mano, Nick comenzó a mover suavemente el pulgar para acariciarle el reverso. Ella cerró los ojos, como si así pudiera bloquear aquella caricia y lo que ello le estaba provocando a su cuerpo, pero, en vez de conseguirlo, las sensaciones se multiplicaron por diez.

Con cada caricia, los nervios se tensaban, los músculos se le licuaban. Cuando le acarició los dedos, la tensión que vibraba en su cuerpo se unió a un fiero anhelo que la obligó a levantarse de la cama de un salto, como si él la hubiera pinchado con algo.

—Estoy muy cansada...

La mirada de Nick indicaba que sabía perfectamente por qué ella había dado marcha atrás, pero, afortunadamente, no dijo nada.

—Está bien. ¿Quieres cenar? Puedo llamar al servicio de habitaciones para que nos suban algo o ¿prefieres acostarte?

Ella se sonrojó y se dirigió al otro lado de la cama.

—No tengo hambre.

Se deslizó debajo de la sábana. Cuanto antes fingiera estar dormida, antes podría evitar mirar a aquel delicioso cuerpo.

—¿Estás segura? —le preguntó Nick con una voz profunda, que hizo que ella se imaginara aquel fuerte torso cubierto de miel o fresas con chocolate en el ombligo. Tragó saliva para no empezar a babear.

—Sí. Ahora, si no te importa, necesito descansar. Vete a tu sitio.

—¿Cómo dices?

—Estoy hablando del sofá. Ya sabes, ese mueble que hay cerca de la mesita de café.

—No puedo dormir ahí. No se convierte en sofá-cama —dijo él mirándola con dulzura—. Es demasiado corto y, además, tiene piedras por cojines.

—Pues no esperarás que sea yo la que duerma allí...

—Pelirroja, por muy guapa que estés con ese albornoz, te aseguro que la cama es lo suficientemente grande para cuatro personas. Estoy seguro de que podremos compartirla sin meternos en líos.

Brittany habría podido creer aquellas palabras si no hubiera experimentado la tensión de los últimos minutos. Además, teniendo en cuenta el estado en el que ella se encontraba, sabía que aquella decisión sólo podría ocasionarles problemas.

Sin embargo, ¿qué elección tenía? No sería justo que lo condenara a no dormir.

Podía hacerlo. Compartir la cama con Nick sería como hacerlo con una amiga, aunque estaba segura de que, en este caso, sería ella la que no dormiría.

—Podemos poner almohadas en el centro si crees que eso te puede ayudar...

¿Por qué no podía compartir la cama con Nick y considerar la situación de un modo que no fuera sexual?

Porque lo deseaba. Desesperadamente.

Entonces, lo comprendió. Como no podía decirle lo que quería, ¿y si se lo demostraba jugueteando con él del modo en el que el propio Nick lo hacía?

Se sentó en la cama y permitió que la sábana cayera, dejando al descubierto el escote del albornoz.

—No necesitamos almohadas. Te prometo que yo no te voy a hacer nada...

Para su sorpresa, la sonrisa de Nick desapareció como si él no hubiera esperado nunca que ella estuviera de acuerdo con él y mucho menos que se pusiera también a flirtear.

—Espero que no me toquetees en sueños —musitó él suplicándoselo prácticamente con la mirada.

–Manos fuera, ¿te acuerdas?

–En ese caso, muévete hacia tu lado.

Todo parecía controlado. Brittany se dijo que sólo tenía que pensar que estaba durmiendo con una amiga. Fácil.

Sin embargo, en el instante en el que bajó la guardia, Nick hizo algo que volvió a escandalizarla.

–¿Qué estás haciendo? –dijo ella mientras él se bajaba la cremallera de los vaqueros y se los quitaba. Estaba de pie junto a la cama, vestido con los calzoncillos de seda negra más sensuales que Brittany había visto en toda su vida.

–Me estoy preparando para meterme en la cama. No esperarás que duerma con vaqueros, ¿verdad?

–No, pero ¿es que no tienes pijama?

–No. Hace demasiado calor. Además, deberías estarme agradecida. Normalmente duermo desnudo.

Brittany decidió que era mejor guardar silencio. Cerró los ojos y rezó para que ocurriera un milagro.

–Estás tratando de imaginarte el aspecto que tengo, ¿verdad? –prosiguió él–. Bueno, pues si abres los ojos, te haré una demostración en directo.

–¡No! –exclamó ella. Contra su voluntad, abrió los ojos–. ¡Métete debajo de las malditas sábanas y no te quites los calzoncillos!

–Tú te lo pierdes.

Entonces, se quitó la camiseta y la arrojó sobre una silla antes de meterse en la cama con ella con una deslumbrante sonrisa en los labios. Arrogante y descarado.

–Buenas noches, pelirroja. Que tengas felices sueños.

Como si eso fuera posible.

Brittany apagó la luz y agradeció no verlo. En realidad, no lo necesitaba. No dejaba de imaginarse a Nick tumbado junto a ella en la cama con sólo unos calzoncillos y una sonrisa. Esa imagen la acompañaría el resto de su vida.

–¿Te puedo hacer una pregunta?

Brittany suspiró y se dio la vuelta para mirarlo. Sus ojos se ajustaron rápidamente a la oscuridad y pronto pudo ver la forma de su cuerpo al otro lado de la cama.

–Vas a hacerlo de todos modos, así que adelante.

–¿Por qué huiste?

–Yo no huí.

–Claro que huiste.

–Simplemente necesitaba volver a empezar –dijo. Eso era cierto, aunque sólo en parte. No podía decirle la razón por la que tan desesperadamente quería volver a empezar.

–¿Por qué Londres? Estuviste en Brisbane un mes antes de marcharte. Te podrías haber quedado allí o incluso haber ido a Sydney o Melbourne. Así podríamos haber mantenido el contacto o incluso una re....

Nick se interrumpió. Brittany tuvo que contenerse para no sentarse en la cama. ¿Había oído bien? ¿Estaba él diciendo que podrían haber tenido una relación si ella no se hubiera querido alejar todo lo posible de su padre?

–¿Mantener qué?

–Una relación de amistad –concluyó él. La desilusión que ella experimentó fue inmensa.

¿Por qué? ¿Acaso no era eso mejor que escuchar que podría haberla amado tanto como ella lo amaba a él?

–Mira, me comporté como un idiota antes de que te marcharas. Sé que tuvimos nuestros problemas, pero éramos muy buenos amigos. Eché eso de menos después de que te fueras.

Brittany no se podía creer que él la hubiera echado de menos y que, además, lo hubiera admitido.

–Vaya... Yo jamás pensé que te importara.

–Pues sí. Me importaba.

–Bueno, así es la vida...

En aquella ocasión, él rompió la tensión con una sonrisa forzada.

–Hacía mucho que éramos amigos. Y, por muchas veces que yo te hubiera atado el cabello a la silla o que hubiera puesto sapos en tu mochila, seguía importándome. Buenas noches.

La admisión de Nick la llenó con una agradable calidez que le recorrió todo el cuerpo. ¿Cómo podía mantener su inmunidad cuando él le decía cosas de ese tipo? Mejor aún, ¿acaso quería hacerlo?

–Lo mismo te digo.

Se acurrucó bajo las sábanas y cerró los ojos. Esperó a que el sueño llegara, pero sabía que era inútil. Tenía demasiadas cosas en las que pensar, empezando con los sentimientos que seguía experimentando por un hombre que debería pertenecer exclusivamente a su pasado.

# *Capítulo Nueve*

Nick se rebulló en la cama sobre medianoche. Su sueño se vio interrumpido por un soplido de aire muy cerca de la oreja. Abrió los ojos un poco para ver de qué se trataba, pero los abrió de par en par cuando comprobó que la causa era una mujer. Estaba tumbada sobre su torso, con el brazo rodeándole y la pierna muy cerca de los calzoncillos.

Y no se trataba de una mujer cualquiera.

Era Britt.

Su esposa.

La mujer con la que deseaba hacer el amor.

Considerando el modo tan casto en el que se habían quedado dormidos, debería quitársela de encima con suavidad para tratar de no despertarla. Sin embargo, sus buenas intenciones se evaporaron cuando ella se acurrucó contra él aún más. La rodilla le estaba provocando una potente erección.

Apretó los dientes para no lanzar un gemido. Podía comportarse como un caballero, pero ¿qué clase de diversión había en eso? Britt siempre había dicho de él que era un chico malo y a él no le disgustaba tener aquella reputación con ella.

Otro soplido de aire, otro gemido en sueños... Nick tenía que apartarse de ella para no hacer algo que pudiera lamentar. Britt le había dejado muy claros sus sentimientos y sus deseos.

–Nick...

Aquel suave susurró lo empujó a quedarse justamente donde estaba. Sin embargo, no podía hacerlo. No podía aprovecharse de la situación por muy excitado que estuviera o por mucho que deseara a su esposa.

–Shh... Duérmete otra vez.

Le acarició el cabello. Una pequeña parte de él se deshizo de gozo cuando ella se acurrucó a él un poco más en vez de apartarse. Entonces, la abrazó.

El cabello de Brittany le hacía cosquillas en el hombro. Su mejilla, tan suave y cálida apretada contra su pecho y el suave aroma a lavanda y a vainilla le convencieron de que, por el momento, aquello era suficiente.

Si Nick era un chico malo, Brittany era una chica mala. Una chica muy mala.

Cuando se despertó en brazos de Nick aquella noche, había notado que él trataba de apartarse de su lado. Entonces, decidió fingir que seguía dormida. Podría haberse conformado con dormir sobre el fuerte torso, pero se había portado muy mal.

Había hecho lo mismo todas las mañanas durante las dos semanas siguientes.

La tensión la estaba matando. Ojalá a su esposo le estuviera ocurriendo lo mismo.

–¿Cómo van las cosas?

Aquella pregunta la sacó de su ensoñación. Fingiendo una tranquilidad que no sentía, señaló los papeles que tenía sobre la mesa.

–El fotógrafo ha estado yendo a la plantación todos los días de esta semana y ha hecho muchas fotografías. El cámara va a llegar mañana y yo estoy ordenando la información que he sacado de los libros de tu abuelo. Todo va bastante bien.

Nick atravesó la estancia y se sentó sobre la mesa.

–Has estado ocupada.

–Hay muchas cosas que hacer. Hoy tengo una lista de tareas de un kilómetro de larga. Además, tengo que ir a la plantación para hacer más localizaciones y repasar las que ya he elegido para asegurarme de que concuerdan con la información que estoy añadiendo sobre ellas en la presentación...

–Espera.

Nick levantó la mano y agarró la de ella para impedirme que pusiera distancia entre ellos.

Para tratar de que no se notara lo mucho que la afectaba aquel simple contacto, ella frunció el ceño.

–¿Qué pasa?

–Esto no se me da bien.

–¿El qué?

–Esto de un matrimonio falso.

–Ah, eso.

Vaya, vaya. Parecía que, a pesar de todo, la tensión estaba pudiendo con él.

–No estás acostumbrado a compartir habitación, ¿verdad?

–No estoy acostumbrado a compartir habitación contigo.

–Vaya... Yo pensaba que te iba a resultar fácil... .

Nick se levantó y se dirigió a la ventana para contemplar la playa de Noosa.

–Te estoy afectando, ¿verdad?

Brittany se colocó detrás de él. Le faltó muy poco para rodearle la cintura con los brazos y colocarle la cabeza sobre la espalda. Nick no se volvió. Mantuvo la mirada fija en la maravillosa vista.

–Supongo que este acuerdo de negocios no es lo que esperaba.

–Es porque compartimos un pasado.

–Lo recuerdo –admitió él.

–¿Qué es lo que recuerdas exactamente?

Nick se dio la vuelta y se enredó un mechón del cabello de Brittany alrededor del dedo. Entonces, tiró del pelo para que ella tuviera que acercarse más y más, hasta que sólo estuvieron a un suspiro.

–Principalmente, me acuerdo de lo que me hacías sentir entonces.

Un sentimiento inesperado de emoción le hizo a Brittany un nudo en la garganta. Quería demostrar que ese sentimiento seguía existiendo en ellos, quería provocarlo, conseguir una reacción.

–¿Y cómo te hacía sentir?

Nick estaba tan cerca que su aliento acariciaba suavemente los labios de Brittany y provocaba en ella un anhelo tan intenso que le quitaba por completo el aliento.

–Como si yo pudiera hacer que los sueños de ambos se hicieran realidad.

–Nick, no pienso que...

–Eso es. No pienses –murmuró él, un segundo antes de besarla dulcemente, tanto que el beso le llegó directamente al alma.

La ternura que él dejaba entrever en raras ocasiones duró unos pocos segundos. Cuando él levantó la cabeza, le acarició el labio inferior con un dedo y se marchó.

Brittany se quedó temblando. Temblando por haberse dado cuenta de que aún creía en los sueños. Y en la habilidad que Nick tenía para que los de ella se hicieran realidad.

Nick entró en el cenador y se vio inmediatamente atraído por una mujer muy hermosa que, ataviada con un vestido blanco, charlaba con el hombre más rico de todo el estado.

Brittany estaba increíble. Llevaba puesto un vestido de estilo griego, sujeto a un hombro con un broche plateado y que dejaba al otro deliciosamente al descubierto. El cabello estaba recogido en lo alto de la cabeza y le caía delicadamente por el rostro.

Efectivamente, aquel día estaba muy hermosa, pero él no podía olvidar la imagen que Brittany había tenido con un enorme albornoz en su noche de bodas.

Menuda noche, aunque no por las razones que cualquiera hubiera imaginado teniendo en cuenta que Brittany lo excitaba más que ninguna otra mujer. Había estado despierto durante horas, escuchando los suaves sonidos de su respiración, deseando que las cosas hubieran sido diferentes entre ellos y castigándose en silencio por haber sido tan necio.

Había pensado que haciéndola hablar de su pasado, ella se relajaría y aprendería a confiar de nuevo en él. En vez de eso, había sido él quien se había sincerado sobre lo que sentía.

Afortunadamente, aquella última quincena había pasado rápidamente y, aparte de lo ocurrido el día anterior, cuando él había estado a punto de declararle lo mucho que le gustaba tenerla a su lado, habían conseguido mantener una cortés distancia.

Todo profesionalidad, razón por la cual ella había accedido a acompañarlo aquella noche al baile de Solteros y Solteras. El baile lo patrocinaba la cadena de hoteles Phant-A-Sea y asistían todos los multimillonarios de Australasia. Un baile en el que Nick se había dado cuenta de lo lejos que le había llevado el plan de casarse con Britt.

Las llamadas de posibles inversores se habían triplicado desde que se casó. Parecía que los magnates de la vieja escuela habían reconocido por fin que él era un hombre de negocios de éxito que sólo tenía en mente conseguir que sus hoteles fueran los mejores del mundo.

Aquella noche, les demostraría a todos que era cierto. Las llamadas eran una cosa, pero la aceptación pública por parte de todas aquellas personas otra muy diferente.

Britt levantó la mirada en aquel instante y la cruzó con la de Nick. Él se dirigió hacia ella.

Aquella fiesta sería la última que celebraría en la plantación porque, cuando Britt hubiera terminado su trabajo, él la vendería y cortaría por fin los lazos con su pasado.

Había dudado sobre la conveniencia de hacerlo durante muchos meses. El sentimiento de culpabilidad le impedía decidirse. La plantación había sido el orgullo de su padre y había sido construida de la nada con sudor, esfuerzo y determinación. Había sido el único lugar que había considerado su casa y, más que eso, había sido el refugio para él después de que su madre los abandonara. La plantación era su padre.

Sin embargo, ése había sido precisamente el problema.

Mientras tuviera la plantación, la gente le recordaría sus humildes comienzos y seguiría teniendo dudas sobre su habilidad para mezclarse con los peces gordos.

Le dolía vender, pero sabía que hasta su padre lo habría animado a seguir hacia delante y eso era precisamente lo que iba a hacer, a pesar de los sentimientos que estaba experimentando. Su padre lo comprendería.

—Bueno, si es el hombre del momento. Me alegra que por fin te hayas presentado a tu propia fiesta, Mancini —dijo Bram Rutger, el hombre con el que estaba hablando Brittany.

Para su sorpresa, Bram Rutger le ofreció la mano, algo que jamás había hecho en las muchas ocasiones que se habían encontrado en acontecimientos similares. Nick se la estrechó.

—Ya sabes cómo son los negocios.

—Es cierto, muchacho. Algo de lo que tendremos más oportunidad de hablar cuando hablemos más tranquilamente por teléfono. Estoy considerando aumentar mi fondo de inversiones y creo que deberíamos hablar. Por cierto, he oído que debo darte la enhorabuena. Has escogido una mujer estupenda. Conozco a la joven Brittany desde que estaba en la cuna, por lo que espero que la cuides bien, ¿me has oído?

—Claro. Ahora, si nos disculpa.

—Me ha alegrado volver a verte, Bram —le dijo ella al millonario. Entonces, le dedicó un pícaro saludo con la mano antes de que Nick y ella se marcharan juntos.

—No deberías flirtear con ese vejestorio. Podría darle un ataque al corazón.

—Bueno, en ese caso estoy segura de que sus hijos me darán las gracias. Aparentemente, hoy en día vale millones.

—Eres incorregible.

—¿Y eso me lo dice la persona que solía imitar a Bram y a sus amigos? –preguntó. Entonces, sacudió la cabeza–. Vaya, veo que has cambiado. Te has convertido en un esnob como ellos.

—¿Y eso me lo dice la chica que se negaba a sentarse junto al río a menos que yo colocara una manta primero? ¿La que no se montaba en mi moto a menos que yo me hubiera asegurado de que no había nada sucio en el asiento? ¿De la chica que...?

—Está bien, está bien. Lo he comprendido.

Brittany levantó una mano y le alisó la solapa. Aquel gesto inocente aceleró los latidos del corazón de Nick.

—Bonito esmoquin. Muy elegante.

—Me alegra que te hayas fijado.

Sus miradas se cruzaron y, en aquella ocasión, él no apartó la mirada. Dado que ya había conseguido sus propósitos con aquella fiesta y formaba ya parte del grupo de los peces gordos, decidió que había llegado el momento de que aquella fiesta empezara de verdad.

—Ven conmigo –le dijo a Brittany.

—¿Adónde?

—¿Acaso importa?

Ella negó con la cabeza.

—Entonces, vamos.

Nick le tomó la mano y se abrieron paso entre los invitados.

—¿Qué es lo que quieres enseñarme? –preguntó

ella entrelazándole suavemente la mano alrededor del brazo.

Aquel gesto casual excitó profundamente a Nick. A partir de ese momento, le resultó imposible fijarse en otra cosa que no fuera el perfume que ella llevaba o el tacto de su mano. Tenerla tan cerca resultaba difícil de tolerar cuando sabía que todo lo que creía ver en Brittany estaba tan sólo en su propio pensamiento.

—Está aquí dentro.

La hizo entrar en la cocina. Sabía que era una locura, pero le resultaba imposible contenerse.

—Está bien. Aparte del hecho de que esta cocina necesita más luz, ¿qué...?

Nick le tapó la boca con la suya y le impidió seguir hablando. Entonces, le rodeó la cintura con los brazos y gozó con las sensaciones tan maravillosas que experimentó.

En vez de protestar o intentar alejarse de él, Brittany le rodeó el cuello con los brazos y entreabrió los labios, desafiándole para que le diera placer, para que la saboreara...

Nick estaba más que dispuesto a cumplir lo que se esperaba de él y profundizó el beso hasta el punto de que le resultó imposible respirar, pensar o sentir nada que no fuera aquella increíble mujer en aquel momento inolvidable.

Ella le acarició el cuello, abrazándose a él hasta que pudo sentir el calor que emanaba de su cuerpo. Nick la empujó hasta que la acorraló contra la mesa con el deseo de hacer lo que llevaba ya semanas deseando: hacerle el amor a su hermosa esposa.

Se separó unos centímetros de ella y le colocó las manos sobre los pechos, llenándose las manos con ellos, acariciándoselos hasta que ella murmuró palabras incoherentes de placer y estuvo a punto de hacerle explotar allí mismo.

De repente, las alarmas empezaron a sonar en la cabeza de Nick. ¿Qué había ocurrido con lo de mantener las distancias, lo de dejar que fuera ella quien diera el primer paso? Se permitió un breve sorbo de placer antes de que la cordura regresara de nuevo y se viera obligado a disculparse por haberse comportado como un idiota.

Brittany sintió sus dudas y rompió el beso.

—Comprendo tu problema.

—¿Qué problema?

—Estás loca por mí —susurró él mientras le deslizaba las manos por el trasero.

Brittany se echó a reír

—Es culpa tuya —replicó—. Eres irresistible.

Nick volvió a besarla suavemente, preguntándose cómo había podido tener la fuerza de voluntad suficiente para rechazar a aquella mujer diez años atrás. ¿Qué iba a hacer cuando ella se marchara de su vida una vez más?

Brittany lo excitaba profundamente, pero era mucho más que eso. Conectaban en muchos planos y debían atesorar la especial amistad que había entre ellos.

Sin embargo, ¿qué había cambiado?

Brittany Lloyd se marcharía de Noosa sin mirar atrás, dejándolo a él maldiciendo el día en el que había sido lo suficientemente estúpido como para permitir que ella volviera a entrar en su corazón, un corazón al que, deliberadamente, había impedido prendarse de otra mujer.

Tal vez hubiera borrado recuerdos de su madre,

pero no había conseguido olvidar el sentimiento de abandono, la intensa pérdida que lo había desgarrado por dentro, las dudas que se habían apoderado de él durante años, el convencimiento de que no era lo suficientemente bueno para que alguien lo amara para siempre.

—¿Cómo de irresistible?

Nick decidió que no era el momento de las dudas o de las preguntas. Profundizó el beso y dejó que ella le hundiera las manos en el cabello. Entonces, la animó a que le rodeara la cintura con una pierna, lo que lo puso en delicioso contacto con todo su cuerpo.

La deseaba tanto que se sentía fuera de sí, pero no iba a poseerla contra la mesa de la cocina después de todo aquel tiempo.

Ella se merecía más.

Apartó la boca de ella y exhaló un profundo suspiro.

—¿Nick?

—Ni aquí, ni ahora ni así —dijo, tratando desesperadamente de controlar su libido.

—¿Cuándo entonces? —preguntó ella.

El deseo ardía en las venas de Nick, pero él lo controló. Cuando se entregaran a su pasión, nada le impediría hacerle el amor toda la noche.

Le acarició suavemente la mejilla con un dedo y le agarró la barbilla sin dejar de mirarla.

—Muy pronto, pelirroja. Muy pronto.

Algo fiero y salvaje, aterrador, se reflejó en el rostro de Brittany. Entonces, asintió lentamente.

—Está bien —suspiró.

Entonces, Nick le agarró la mano y estuvo a punto de volver a empezar de nuevo, pero cambió de opinión.

\*\*\*

Brittany no se había divertido tanto desde hacía mucho tiempo. Por supuesto, había asistido a muchas fiestas en Londres y se había codeado con los ricos y famosos gracias a su estupendo trabajo, pero ninguna había resultado tan especial.

Se sentó en una silla y miró a Nick. Estaba rodeado por un puñado de inversores, pero ella no podía dejar de recordar el delicioso beso que habían compartido en la cocina hacía unas horas. A pesar del tiempo, Brittany se echaba a temblar cuando lo recordaba. Ella había estado intentado tentarlo, seducirlo, pero Nick había mostrado nervios de acero incluso cuando le confesó lo que sentía por ella.

Hasta aquella noche.

El beso de la cocina lo había cambiado todo. Él la deseaba tanto como ella lo deseaba a él. Entonces, ¿por qué se había detenido?

Era un hombre irritante, que la confundía por completo. Cada vez que la tocaba, ella perdía el control. Sin embargo, eso no significaba que tuviera que perder la cabeza completamente. Divertirse y huir era una cosa. Divertirse y enamorarse otra muy distinta.

No. En aquella ocasión, ella sería más inteligente. Era muy diferente de la adolescente asustada y confusa que había salido huyendo como una fugitiva.

No necesitaba a nadie. Le había ido muy bien en los últimos diez años y empezar una relación con Nick sólo conduciría al sufrimiento para ambos.

–¿A qué viene ese aspecto? –le preguntó Frida Rutger, la esposa mucho más joven de Bram, mientras se sentaba a su lado–. Hace mucho calor aquí, ¿verdad?

–Sí.

–Bueno, ¿a qué viene esa cara? –insistió Frida al ver que Brittany no contestaba–. ¿Ha hecho algo tu marido que te haya disgustado?

–No. Supongo que sólo estoy cansada.

Frida miró a Nick con algo muy parecido a la envidia reflejada en el rostro.

–No me extraña, estando casada con un hombre como ése.

Brittany se sintió incómoda con la descarada admiración de Frida por Nick y trató de cambiar de tema.

–Llevas un vestido precioso. ¿Es de un diseñador local?

–Lo he diseñado yo misma –respondió Frida, mirando el vestido ocre de gasa que llevaba puesto.

–Vaya, tienes mucho talento como diseñadora

Para su sorpresa, Frida comenzó a sollozar y a parpadear frenéticamente.

–Es una pena que Bram no piense lo mismo. Me dijo que parece que me ha explotado encima una botella de refresco de cola.

–Bueno –dijo Brittany tratando de encontrar una respuesta que fuera lo más diplomática posible–. Bram es un estupendo hombre de negocios, pero tal vez no se pueda decir lo mismo de su gusto por la moda.

Frida se secó las lágrimas y sonrió.

–También me dijo que necesito una liposucción y otro lifting.

Brittany se sintió tan ofendida que abandonó por completo la diplomacia.

–Todos los hombres son unos idiotas.

Sin embargo, cuando miró a Nick, decidió que no se podía decir que esa afirmación fuera del todo cierta...

–Ni que lo digas.

Frida se echó a reír. Brittany se unió a ella al tiempo que se preguntaba cómo una mujer joven y atractiva como Frida podía estar con un hombre tan dominante como Bram. Suponía que la razón era el dinero y, una vez más, dio gracias por haber escapado de ese mundo y depender de sí misma.

–¡Qué suerte tienes! Aquí viene tu delicioso marido –dijo Frida. Inmediatamente, se puso de pie y se estiró el vestido. Se olvidó de las lágrimas y empezó a aletear las pestañas para Nick–. Me alegro de verte, Nick...

Nick asintió, pero toda su atención se centraba en Brittany. Se sentó a su lado y le dijo:

–No me gusta cuando las mujeres se ponen a cotillear por los rincones. Normalmente, están planeando algo malo para nosotros los hombres.

Cuando Brittany vio el brillo que Nick tenía en los ojos, comprendió que el «pronto» que él le había prometido había llegado ya. En sus ojos había una expresión que no se atrevía a analizar. Tenía tantas posibilidades de no enamorarse de Nick como de volver sola de nuevo a Londres. El hecho de saber que él aún ejercía tanto poder sobre ella la asustó.

–¿Cuánto tiempo falta? –preguntó a pesar de todo. Se moría de ganas porque llegara aquel momento.

Nick sintió el deseo de Brittany y le deslizó un brazo por la cintura para estrecharla contra su cuerpo.

–Haré que la orquesta anuncie que la siguiente es la última pieza. ¿Qué te parece?

–Perfecto.

–No te muevas. Volveré enseguida.

Tras darle un suave beso en los labios, Nick se alejó dejando a Brittany sola para que se enfrentara a sus reavivados sentimientos y al miedo que estos despertaban en ella.

Muy pronto llegaría el momento en el que debería analizarlos. No deseaba que llegara el momento de despertarse de aquel sueño, que inevitablemente ocurriría cuando tuviera que marcharse.

## *Capítulo Diez*

Brittany paseaba de arriba abajo por la cocina, esperando a que Nick terminara de despedir a los invitados.

No debería estar tan nerviosa. No era la primera vez que hacía el amor con él, aunque sabía que el hombre que Nick era en aquellos momentos distaba mucho del muchacho que había sido diez años atrás.

Si había amado a aquel Nick sin reservas, ¿qué esperanza tenía de poder contener sus sentimientos en aquella ocasión?

Cuando vio que él se acercaba a la puerta, se sentó rápidamente y tomó una revista que encontró por casualidad. Fingió estar leyéndola sin ninguna preocupación. Cuando Nick entró, miró por encima de las páginas y se sintió algo confusa por la amplia sonrisa que él tenía en los labios.

–¿Se ha ido ya todo el mundo?
–Sí.

Nick se dirigió hacia ella. Brittany tragó saliva. Deseaba tanto estar entre sus brazos que le dolía. No obstante, le daba miedo que, cuando estuviera junto a él, no quisiera separarse nunca más.

–¿Estabas leyendo?
–Mmm.
–¡Qué interesante! Jamás hubiera pensando que te interesaban las épocas de celo del ganado.

Brittany se sonrojó y cerró la revista inmediatamente. Entonces, la arrojó al montón del que la había tomado.

–Si de verdad te interesa tanto, te puedes quedar con todas esas revistas. Eran de mi padre y estoy limpiando todo esto antes de vender la plantación, así que no me importa.

–Gracias, pero no. Que se ocupen de eso las vacas y los toros.

Nick extendió una mano y la ayudó a levantarse.

–¿Sabes una cosa? No tienes que ponerte nerviosa conmigo.

–No estoy nerviosa.

–¿De verdad? –preguntó él mirando la revista y levantando una ceja.

–De acuerdo. Estoy un poco nerviosa. ¿Y tú no?

–No.

Nick le rodeó la cintura con los brazos, creando un círculo de protección en el que ella se hubiera quedado felizmente para el resto de su vida.

–No somos desconocidos. Somos tú y yo, pelirroja.

–Pero...

–No hay peros.

Como para confirmar sus palabras, le dio un pellizco en el trasero. Ella se echó a reír y sus nervios se disiparon tal y como había sido la intención de Nick.

–En esta noche sólo importamos tú y yo. No hay preguntas. Ni análisis. Ni lamentaciones. ¿De acuerdo?

Todo sonaba muy lógico cuando Nick lo exponía de aquel modo, pero Brittany sabía que, cuando llegara la mañana, ella empezaría a analizar todos los detalles. Siempre le había ocurrido lo mismo con Nick y, en aquellos instantes, cuando por fin sabía que había llegado el momento que había estado anticipando, no podía acallar los nervios que amenazaban con terminar con su resolución.

Ella lo deseaba. Debería ser un asunto sencillo, ¿no? Sin embargo, no había nada sencillo en su relación con Nick. Además, le aterraba la profundidad de los sentimientos que tenía por él. Nick tenía su corazón entre las manos.

—Estás pensando demasiado —susurró él—. Pues yo ya he terminado de pensar.

Antes de que Brittany pudiera parpadear, Nick la besó y con aquel gesto borró todas las dudas y los pensamientos que ella acababa de tener. Mientras las lenguas se enredaban, ella se perdió en la pasión que se encendió inmediatamente entre ellos, en el frenético movimiento de manos y en los suaves gemidos.

—No quiero que sea aquí. Aquí no...

—No te pares —jadeó ella, arqueándose hacia él—. Por favor, Nick. Ahora...

Él lanzó un sonido gutural que le puso la piel de gallina y le agarró la falda del vestido. Sin dejar de besarla, se la levantó hasta los muslos.

Brittany sentía que las sensaciones la bombardeaban. Un interminable placer, casi insoportable, fue despertándose en ella. Cuando él le introdujo los dedos por debajo del elástico del tanga y le estimuló el clítoris, ella alcanzó el orgasmo acompañada de un fuerte grito de placer.

—Nick, eso ha sido...

—Sólo el comienzo.

La pícara sonrisa que él esbozó provocó una excitación en el saciado cuerpo de Brittany. Entonces, cuando Nick hizo que se diera la vuelta, contuvo la respiración. Él la inmovilizó por la cintura e hizo entrar en delicioso contacto su espalda con el fuerte tórax. Estaba muy excitado.

–Deja que te dé placer a ti...

–Ya lo has hecho, cielo. Cuando te he oído llegar al clímax... –susurró él. Comenzó a mordisquearle el oído, a chupárselo, hasta que ella no pudo hacer nada más que dejarse llevar, acoplarse a él llena de anhelo y placer–. Para que lo sepas, ahora mando yo.

–Vaya... veo que el chico malo ha vuelto.

Con un falso gruñido, él la abrazó más fuerte aún.

–En ese caso, ha llegado el momento de que te demuestre lo verdaderamente malo que puedo llegar a ser.

El cuerpo de Brittany comenzó a temblar cuando sintió que él le deslizaba las manos por las costillas para agarrarle los pechos. Con los pulgares, le estimuló los pezones hasta que una oleada irrefrenable de necesidad se apoderó de ella. No se detuvo ahí. Con una mano se apoyó contra la pared mientras, que con la otra, volvió a estimularle la húmeda feminidad.

El deseo se apoderó de ella. Las caderas se movían como si tuvieran vida propia mientras que los músculos internos se convulsionaban una y otra vez y ella echaba la cabeza hacia atrás con absoluto abandono.

–Nick...

Gritó su nombre con un tono que era en parte súplica y en parte advertencia. No podía soportarlo más. Necesitaba que él la penetrara inmediatamente.

Nick se desabrochó la bragueta rápidamente y se escuchó el sonido de un envoltorio que se rasgaba. No tardó ni un segundo en regresar. Le sujetó las caderas y, tras colocarla en una posición mejor, se dispuso a penetrarla.

–Nick, por favor...

Se hundió en ella rápidamente, con dureza. Brittany sintió cómo una exquisita presión la llenaba, la hipnotizaba. Llevaba tanto tiempo esperando aquello que la intensa belleza del momento la despojó por completo de aliento y razón.

–Britt... Mi Britt...

Aquellas palabras de posesión la excitaron tanto como las manos, que le agarraban con fuerza las caderas y la colocaban de manera que se creara una exquisita fricción mientras se hundía en ella repetidamente, con un ritmo que no tardó en empujarlos a los dos a un maravilloso orgasmo.

–Vaya –suspiró ella. El cuerpo entero le vibraba, saciado por completo mientras descansaba contra él, apoyando la cabeza sobre su hombro.

Nick lanzó una maldición apenas audible, que hizo que Brittany levantara la cabeza y se volviera para mirarlo.

–¿Qué pasa?

–Esto. Este lugar –dijo, indicando la cocina–. Te mereces mucho más que esto.

Con toda la dignidad que una mujer con el tanga en las rodillas podía reunir, se lo subió y golpeó a Nick con un dedo en el pecho.

–No te disculpes por el mejor sexo que he tenido en toda mi vida. Ha sido perfecto. Mejor aún. Estupendo.

–¿El mejor? –preguntó él con una pícara sonrisa.

–El mejor –afirmó ella.

–Entonces, ¿significa esto que te gustan los hombres fuera de control que no son capaces ni siquiera de llegar al dormitorio?

Brittany le agarró las solapas de la chaqueta y tiró de él hasta que las narices de ambos casi se tocaron.

–Tú no eres un hombre cualquiera. Me gustas, Nick Mancini. Cada delicioso centímetro de tu cuerpo de chico malo.

–Me encanta cuando me dices cosas sucias.

–Yo no quería...

–Lo sé.

Nick se echó a reír y se frotó la nariz con la de ella. Entonces, comenzó a acariciarla, a relajarla. Brittany apoyó la nariz contra su torso e inhaló el seductor aroma que emanaba de su piel.

–¿No te parece que es irónico que estemos aquí de nuevo, donde empezó todo?

Ella se apartó y lo miró.

–¿Te refieres a mi primera vez?

Nick asintió y le acarició la mejilla con una ternura que le arrebató a ella el aliento y le caldeó el corazón.

–Entonces, también quería que fuera especial para ti. ¿Qué pasó? Que el horno estaba roto, por lo que no había manera de calentar la pizza, el postre no se descongelaba y, además, te rocié completamente con el refresco de cola.

Brittany sonrió.

–Aquella noche fue muy especial y todo gracias a ti.

Le acarició la fuerte mandíbula, gozando con el contacto de la barba. Entonces, se centró sobre los labios y trazó su silueta.

–Estuviste increíble. Jamás me he olvidado de aquella noche.

–Yo sugiero que volvamos a recrear la magia de

aquel día, aunque, en esta ocasión, podríamos incluso llegar al dormitorio. ¿Te parece?

La excitación recorrió el cuerpo de Brittany. Asintió. Nick la tomó en brazos y se dirigió a su antiguo dormitorio.

–Claro que sí –dijo ella, riendo cuando él dio varias vueltas antes de abrir la puerta con la cadera.

–Bien, porque si hubieras dicho que no, te habría dejado caer.

–No te habrías atrevido.

–Nunca desafíes a un rebelde –repuso él. La dejó caer sobre la cama antes de unirse a ella.

–Vaya...

Brittany miró a su alrededor. Las estanterías de madera estaban llenas a rebosar de trofeos y había varios cascos de moto en un rincón y varias cazadoras en otra.

–Esta habitación no ha cambiado...

–Ahora no duermo nunca aquí. Mi vida está en Noosa. Supongo que mi padre estaba demasiado ocupado con la plantación como para preocuparse de redecorar las habitaciones.

–Me encanta este lugar –susurró ella–. ¿De verdad tienes que venderlo?

Una sombra le nubló momentáneamente los ojos. Desapareció de inmediato.

–No es justo que caiga en desuso. Y yo no tengo tiempo de hacer mucho por aquí.

–¿Y por qué no contratas a un capataz? ¿Jornaleros? ¿Por qué no vuelves a poner la plantación en funcionamiento?

–Ya sabes lo que este lugar significaba para mi padre...

–Razón de más para volver a darle vida.

–No. Ha llegado el momento de desprenderme de esto. Tú más que nadie deberías conocer el poder de los recuerdos y la necesidad de desprenderse del pasado.

Claro que lo entendía. Brittany lo entendía perfectamente.

–Sí, claro que lo entiendo –dijo. Entonces, vio un colgante de plata que estaba enganchado en el espejo–. Eh, ¿es ése el medallón que te regalé?

Nick se sonrojó, lo que evidenciaba claramente que él prefería olvidar el hecho de que tenía aún el regalo de una chica.

–Puede...

Ella se levantó de la cama.

–¡Lo es! No me puedo creer que aún lo tengas.

–Como te he dicho, esta habitación no se ha tocado desde que yo me marché.

Brittany sintió una profunda alegría al tocar la delicada cadena con el dedo. Dibujó la silueta de la estrella que contenía.

–Sabes por qué elegí una estrella, ¿verdad?

–No.

–Porque, entonces, me dabas las estrellas y la luna cuando te las pedía.

Nick se acercó a ella y le deslizó los brazos por la cintura. La abrazó con fuerza.

–¿Y ahora?

–Vamos a descubrirlo.

Brittany se dio la vuelta entre sus brazos. Estaba de nuevo preparada para él. Sólo para él.

Nick la besó apasionadamente, con desafío. Ella lo igualó con un beso profundo, largo y jugoso. La clase de besos que deshacen un cuerpo y rasgan el alma.

–Te deseo tanto –murmuró él mientras le deslizaba los labios por el cuello y le acariciaba los senos con los dedos antes de concentrarse exclusivamente en los pezones.

Brittany echó la cabeza hacia atrás con un gemido. Entonces, él, muy hábilmente, abrió el broche que le sujetaba el vestido al hombro y dejó que éste cayera con su susurró de seda. La caricia que la tela le proporcionó por todo el cuerpo resultó tan erótica como las manos de Nick.

–Vaya –susurró él mirándola de arriba abajo–. Eres más hermosa ahora, si eso es posible.

Se quitó la chaqueta mientras ella le ayudaba con la pajarita. Entonces, volvió a besarla apasionadamente y fue empujándola hacia atrás hasta que el reverso de la rodilla chocó con la cama.

Brittany se dejó caer y observó felizmente cómo Nick se quitaba el resto de la ropa en un tiempo récord.

–Me gustan –dijo señalando los calzoncillos negros que llevaban turbando sus sueños desde la primera vez que se los vio en la noche de bodas.

–Y a mí me gusta esto –replicó él. Empezó a juguetear con el tanga de encaje–, pero no lo suficiente para dejártelo puesto.

Nick se lo quitó y lo arrojó al suelo sin dejar de mirarla.

–Ven aquí –susurró Brittany extendiendo los brazos.

Nick se dejó abrazar y comenzó a besarla, a excitarla, a introducirle los dedos hasta que ella comenzó a gemir de placer, aferrándose a él, gritando su nombre hasta que por fin la tensión se rompió y estalló en más de un millón de fuegos artificiales.

Brittany no era capaz de hablar ni de pensar. Gimió de pesar cuando él la abandonó durante un momento para quitarse los calzoncillos y ponerse un preservativo.

–Estoy aquí, cielo...
–Donde debes estar –musitó ella, un segundo antes de que él volviera a besarla.

Se tumbó encima de ella y la penetró con un suave y poderoso movimiento que la hizo contener la respiración.

Nick la llenó completamente. Ella le rodeó con las piernas y levantó ligeramente las caderas para conseguir que el contacto fuera más profundo. Entonces, él se retiró, para volver a penetrarla una y otra vez. Cada movimiento provocaba en ella dardos de exquisito placer que parecían excitar todos y cada uno de los nervios de su cuerpo.

Nick no se detuvo. Siguió moviéndose dentro de ella, rozándole con el torso los sensibles pezones mientras que la lengua bailaba con la de ella. El ritmo fue incrementándose cada vez hasta que él se tensó y gritó su nombre. Entonces, tras un fuerte temblor, se vertió en ella.

Brittany no tenía ni idea de cuánto tiempo permanecieron unidos así. Poco a poco, sus corazones fueron tranquilizándose, al igual que las respiraciones. A Brittany no le importaba el peso. No le importaba la capa de sudor que había entre sus cuerpos.

Había pedido las estrellas y la luna.
Nick le había entregado el universo entero.

# *Capítulo Once*

Dormir con Britt había sido una mala idea, aunque, en realidad, no habían dormido mucho.

Aquella noche lo había cambiado todo.

–Este lugar no ha cambiado nada –dijo ella mientras tiraba de la mano de Nick para que los dos se dirigieran al río. Entonces, echó a correr y no le dejó a él más opción que seguirla.

Nick la seguiría, por supuesto. Hasta los confines de la Tierra si era preciso. La noche anterior había hecho pedazos cualquier posibilidad de que aquello fuera sólo un acuerdo comercial. Con cada beso, con cada caricia, Brittany había ido despojándolo de los años pasados hasta catapultarlo directamente al momento en el que él estaba tan locamente enamorado de ella que ni siquiera podía pensar.

Nada había cambiado. Absolutamente nada. Sin embargo, incluso esa afirmación era una mentira. Diez años atrás, él se había engañado haciéndose creer que lo único que sentía por Britt era deseo.

Por fin sabía la verdad.

Lo que habían compartido jamás había sido sólo lujuria o deseo. Había sido más que eso. Mucho más. Su noche de pasión lo había devuelto una década atrás en el tiempo, hasta el momento en el que su corazón palpitaba por ella mientras que la cabeza calibraba las implicaciones de confiar en una mujer.

–¿Echas de menos Jacaranda?

Ella se detuvo, alertada por la pregunta. Él tiraba de ella hacia el río, tratando de distraerla.

No sirvió de nada. Brittany levantó la mano y le cubrió la mejilla. Aquel breve contacto resultó tan catastrófico como si le hubiera metido la mano en el pecho y le hubiera arrancado el corazón.

–Lo intenté –susurró ella. Le colocó la mano directamente sobre el corazón, como si estuviera reclamando su propiedad. Era suyo. Siempre había sido suyo, pero Nick nunca había querido admitirlo–. Pero no podía. Llevo este lugar en la sangre. Nunca conseguí olvidarlo. Y tampoco pude olvidarte a ti.

–Lo mismo digo...

Nick la besó. Necesitaba aquel beso, pero no por lujuria o pasión. Sentía una extraña sensación en el corazón, exactamente donde ella tenía la mano.

Brittany separó los labios y él gruñó cuando logró tocarle la lengua con la suya. Entonces, la colocó contra el árbol más cercano. Sus cuerpos se moldeaban perfectamente. Le deslizó la manos por debajo de la camiseta y le cubrió los senos.

–Nick...

Él le levantó la camiseta, bajó la cabeza y capturó un erecto pezón entre los dientes, tirando del encaje que lo cubría. Los gemidos que ella empezó a emitir lo animaron a abrir el broche del sujetador y a permitir que tan tentadora abundancia le cayera por completo sobre las manos.

Sin embargo, la fauna de Jacaranda le ayudó a recordar dónde estaban. El agudo grito de una *kookaburra* le recordó lo popular que aquel lugar era con paseantes y turistas.

De mala gana, le bajó la camiseta y le dio un suave beso en los labios.

—Te encantaban esos malditos pájaros. ¡Qué poco oportuno ha sido ése!

Brittany soltó una carcajada.

—¿Te acuerdas de aquella vez que vinimos aquí y...?

—¿Podemos cambiar de tema? —le pidió él mientras se miraba la entrepierna—. Me estás matando.

Brittany se frotó contra él con una sonrisa de pura malicia en el rostro.

—Ay, sí...

Le rodeó el cuello con los brazos y pegó sus senos contra el torso de Nick.

—¿Por qué no seguimos con esta conversación en la plantación?

—Eres una mujer malvada —replicó él.

Le apartó un mechón de pelo del rostro. El corazón se le salía del pecho al ver la adoración con la que ella lo miraba. Deseaba que Brittany lo mirara siempre así. Entonces, ¿por qué tenía dudas?

Hacía unos días había estado convencido de la naturaleza efímera de su matrimonio por el acuerdo que los dos tenían. La noche anterior lo había cambiado todo, pero aún no habían hablado al respecto. Tendrían que hacerlo muy pronto. Muy pronto.

—Vamos. Regresemos a la plantación.

No fue necesario que se lo pidiera a Nick dos veces. Regresaron rápidamente a la plantación, riendo y tropezándose. Nick decidió olvidarse de las dudas y vivir el presente.

\*\*\*

Brittany caminaba de un lado a otro de la suite lanzando miradas a su ordenador cada vez que pasaba por delante para ver el correo que aparecía en la pantalla.

El ascenso era suyo.

David había visto la presentación preliminar que ella le había enviado y se había quedado asombrado. En consecuencia, Brittany era la nueva directora gerente de Sell. Lo había conseguido, lo que significaba que su trabajo en Australia había terminado.

¿En qué posición los dejaba eso a Nick y a ella?

Debería estar encantada. Por fin su sueño se había hecho realidad, con el beneficio añadido de que podría solventar la deuda con su padre y verse por fin libre del pasado.

Sin embargo, el miedo se apoderaba de ella cada vez que pensaba que tendría que decirle a Nick la verdad.

Tenía que marcharse. Retomar su trabajo, regresar al sueño por el que tanto había trabajado, pero ¿y si su sueño había cambiado e incluía en aquellos momentos un sexy millonario, una maravillosa playa y un matrimonio de verdad?

Al escuchar que se abriría la puerta, se detuvo, se abalanzó sobre el ordenador y lo cerró. No estaba preparada para aquello.

–Hola, ¿qué tal está la chica más guapa de Noosa?

–Genial –respondió ella forzando una sonrisa.

–Ven aquí –dijo él abriendo los brazos–. He tenido un día muy duro en el despacho y necesito un beso de bienvenida de mi esposa.

Brittany se arrojó a sus brazos y lo besó con urgencia, acurrucándose luego contra su pecho para buscar consuelo, una solución para su terrible dilema.

Quería el ascenso. Lo quería a él.

–¿Qué pasa? –le preguntó él.

Brittany se apartó de él.

–Tenemos que hablar de nuestro acuerdo.

Nick frunció el ceño. Brittany, por su parte, no sabía cómo explicarse. Le habría gustado encontrar una solución sencilla, pero no la había y tenía que enfrentarse a la verdad. Se había vuelto a enamorar de Nick y, al hacerlo, había hecho que su flamante nuevo puesto estuviera en la cuerda floja.

–He conseguido el ascenso.

–Enhorabuena.

Nick se metió las manos en los bolsillos. No dejó de mirarla, como si estuviera desafiándola para que continuara, para que se explicara y pusiera fin a todo aquello.

–Todo ha ocurrido bastante pronto...

–¿Cuándo tienes que marcharte?

No le estaba suplicando que se quedara. No le estaba haciendo una declaración de amor incondicional.

¿Qué había esperado?

Desde que empezaron a tener relaciones íntimas dentro del matrimonio, éste se había vuelto cómodo y agradable. Sin embargo, siempre habían evitado hablar del futuro. Charlaban tan sólo del día a día y hacían el amor con frenético abandono como si cada vez fuera a ser la última.

Tenía que haber una solución a aquel problema. Tenía que haberla.

Brittany se sentó en la cama y golpeó el colchón.

–Mi partida depende de ti. Ven. Siéntate. Necesitamos solucionar este asunto.

–Bien.

Nick se sentó en el sillón que había enfrente de la cama con expresión inflexible.

—¿No confías en mí?

—No confío en mí.

Nick esbozó una sonrisa, lo que le dio a ella esperanzas.

—Ya sabes lo que ocurre cada vez que me acerco a ti en una cama.

—No sólo en una cama, si no recuerdo mal.

Los ojos de Nick se oscurecieron. Ella tragó saliva. Resultaba tan fácil dejarse llevar... Sin embargo, ni flirteos ni bromas iban a conseguir resolver aquella situación, sino más bien una buena dosis de sinceridad.

Brittany apartó la mirada durante un instante. Cuando volvió a fijarse en él, Nick se había enfriado y había vuelto a colocar sus malditas barreras en su lugar.

—¿Qué quieres?

Era la pregunta del millón. Ojalá Brittany tuviera la respuesta adecuada.

—¿Sinceramente? Lo quiero todo. Mi trabajo, el ascenso, a ti...

Nick permaneció en silencio.

—Sé que este matrimonio era, en principio, un acuerdo de negocios, pero las condiciones han cambiado —dijo Brittany. Respiró profundamente—. Quiero que este matrimonio funcione y no sólo por lo que acordamos en un principio. Tenemos algo especial, algo que el tiempo que hemos pasado separados no ha conseguido borrar y sé que, si le damos a esto una oportunidad, podría ser lo mejor que nos ocurriera.

La expresión de Nick se hizo menos dura y pareció relajarse un poco. Brittany decidió ir a por todas.

—Sea lo que sea lo que pueda hacer que este matrimonio funcione, lo haré. Si significa que tengo que renunciar a mi trabajo en Londres y mudarme aquí...

Se encogió de hombros. Se había quedado sorprendida por las palabras que le habían salido de la boca, pero sentía un extraño alivio. Había vocalizado una solución. Una solución aterradora, monstruosa, que podía cambiarle toda una vida. En vez de sentirse abrumada por la enormidad de lo que había dicho, sintió que el corazón se le llenaba de paz.

Nick se inclinó hacia delante y apoyó los codos sobre las rodillas.

—¿Harías eso por mí?
—Por nosotros.

Brittany se acercó a él y se le sentó sobre el regazo, sin dejarle otra opción más que abrazarla.

—Demonios, pelirroja. No sé qué decir.
—Entonces, no digas nada por el momento.

Le colocó un dedo sobre los labios. Sabía que él necesitaba tiempo para pensar, para asimilar las palabras que ella había pronunciado, para decidir.

Ella sabía lo que quería. Parecía que su esposo tenía que pensarlo.

—Piénsalo. Ya hablaremos más tarde.

Le dio un beso en los labios y se levantó. Le entristeció el hecho de que Nick no la retuviera, pero estaba decidida a darle el tiempo que necesitaba.

Ella había hecho lo que estaba en su mano para salvar el matrimonio.

El resto dependía de él.

# *Capítulo Doce*

Nick hizo lo único que podía ayudarle a despejar la confusión de pensamientos que tenía en la cabeza.

Se montó en la moto.

Se colocó el casco y miró por encima del hombro. Tras dejar rugir el motor durante unos instantes, salió a la carretera.

Había pasado mucho tiempo desde la última vez que había hecho aquello. Había dejado su pasado atrás por un precio. Se había convertido en un esclavo de su trabajo para asegurarse de que su negocio funcionara, pero echaba de menos las cosas sencillas de la vida, como preparar una buena comida casera, marcharse con la moto y llegar hasta donde le llegara el depósito.

Y Britt.

La había echado de menos más de lo que había imaginado. No se había dado cuenta hasta que ella había vuelto a aparecer en su vida.

Había abandonado la vida sencilla... ¿Para qué? ¿Fama? ¿Fortuna? ¿Para impresionar a un montón de ricachones que no le habían dado ni siquiera la hora hasta que había demostrado que era un hombre responsable casándose?

Había sido un estúpido. Ya nada de eso importaba.

Britt lo quería a él. ¿A qué coste? No podía permitir que ella abandonara su sueño por él y, por mucho que agradeciera lo que ella estaba dispuesta a hacer para que los dos pudieran tener una oportunidad, ese hecho le aterrorizaba.

Llevaban apenas seis semanas casados y ella estaba dispuesta a renunciar a todo por él.

Las dudas de antaño volvieron a apoderarse de él. ¿Y si no era lo suficientemente bueno para ella? ¿Y si no podía ser el hombre que ella se merecía? ¿Y si no lo necesitaba tanto como él lo necesitaba a ella?

Las mismas dudas minaban al exitoso hombre de negocios en el que se había convertido. Una locura. Sin embargo, la incontrolable pasión que había entre ellos no se había desvanecido en diez largos años.

El viento le ensordeció los oídos, aunque no lo suficiente para borrar las preguntas que tenía en la cabeza. De todas maneras, sabía que no servía de nada hacerse tantas preguntas. Hasta que no hubiera solucionado el pasado, no podía dejar vía libre al futuro.

Si quería que hubiera un futuro para ellos, tenía que decirle a Britt la verdad.

Con ese pensamiento en mente, aminoró la marcha y, tras comprobar que tenía vía libre, realizó un cambio de sentido.

Había llegado el momento de hacerle una visita al pasado.

Nick tocó el timbre del mostrador de recepción y se dispuso a esperar. Aquella residencia de ancianos era tan lujosa que parecía un hotel con cuidados jardines y elegante decoración. Como era de esperar, Darby Lloyd no podía vivir en un lugar que no fuera una mansión.

—¿En qué puedo ayudarle? —le preguntó una enfermera que salió de una sala que había detrás del mostrador.

—He venido a ver a Darby Lloyd.

—Por supuesto —respondió la enfermera sin poder ocultar su sorpresa—. Darby no recibe muchas visitas, así que estoy segura de que estará encantada de verlo.

Nick contuvo una sonrisa. Lo último que Darby sentiría al verlo sería alegría.

—Sígame.

Los pasillos de la residencia no eran menos impresionantes que el vestíbulo. Antigüedades, maderas nobles y elegantes pinturas componían la decoración.

La enfermera se detuvo de repente frente a una puerta de madera de caoba. Le hizo una indicación.

—Llame y entre, aunque le ruego que no prolongue demasiado su visita. Darby tiene la tensión alta y tiene la tendencia de exagerar las cosas.

—Tiene mi palabra.

Nick no estaba seguro de que debiera haber ido a ver a Darby, en especial si el hombre no se encontraba bien. Hacía diez años que no lo veía. No había querido hacerlo después de todo lo que él había hecho, pero si quería seguir con su vida tenía que cerrar el pasado de una vez por todas.

Respiró profundamente y llamó antes de abrir la puerta.

—Señor Lloyd, soy Nick Mancini.

Llevaba años odiando a aquel hombre, por lo que no estaba preparado para sentir compasión por el frágil y pálido anciano que estaba sentado en un sillón con los ojos cerrados. Darby Lloyd había sido un hombre dominante, arrogante y malvado, pero ese hombre había desaparecido bajo una miríada de arrugas y una palidez cetrina que sugería una larga enfermedad.

Se aclaró la garganta y entró en la habitación.

–¿Qué diablos estás haciendo aquí?

Darby había abierto los ojos y el brillo duro como el pedernal contrastaba con su pálida piel.

–Tenemos que hablar.

–Yo no tengo nada que decirte, así que fuera.

–Me iré, pero antes de que lo haga tiene usted que escucharme.

–¿Qué me vas a decir? ¿Que te has casado con mi hija? ¿Que has traído la desgracia a mi familia? ¿Que has arrastrado nuestro apellido por el barro? –le espetó Darby mientras se incorporaba en el sillón–. No quiero escucharlo. Has ganado, maldito seas. ¿No te basta con eso?

Nick apretó los puños y se los guardó en el bolsillo de la cazadora. No quería que Darby pensara que le hacía sentir otra cosa que no fuera indiferencia.

–Sólo porque estoy metido en este lugar olvidado de la mano de Dios, no te creas que soy un estúpido, muchacho. Sé lo que estás tramando. Te has casado por venganza. Te has vengado de mí –gritó Darby cada vez más agitado y nervioso–. Esa estúpida muchacha se merece todo lo que le pase por andar con gente como tú. Ahora sí que no le voy a dar más dinero. Ya le he dado más que suficiente para financiar su vida en Londres. Por lo tanto, si estabas esperando que tu matrimonio te reportara beneficios económicos, estás equivocado. Por mí os podéis ir los dos al infierno.

Nick dio un paso atrás. La ira que Darby mostraba no le sorprendió, pero sí el total desprecio hacia su única hija. Si no hubiera parecido que tenía ya un pie en la tumba, Nick lo habría ayudado a meterlo por las terribles palabras que estaba empleando con Britt.

—Se equivoca —dijo, con toda la tranquilidad que pudo expresar—. Nuestro matrimonio no tiene nada que ver con usted ni con lo que ocurrió en el pasado. Ella es su hija. ¿No la quiere lo suficiente como para, al menos, comportarse educadamente conmigo?

Darby trató de levantarse del sillón, pero se tambaleó y volvió a caer sentado. Nick comprendió que se había equivocado al acudir allí. El tiempo no había suavizado los prejuicios del anciano, sino que había infestado las heridas y las había hecho crecer hasta que él no podía razonar.

—Fuera de aquí, Mancini. No vuelvas nunca.

Nick sacudió la cabeza y abrió la puerta. El anciano estaba tan alterado que decidió que debería llamar a la enfermera antes de marcharse.

—Una cosa más, Mancini.

Nick se detuvo y se volvió para mirarlo.

—¿Sí?

—Espero que te pudras en el infierno por haberte acercado a mi hija.

Sin decir palabra, Nick salió de la habitación sin mirar atrás.

Brittany releyó el mismo párrafo por quinta vez antes de levantarse del ordenador. El trabajo había conseguido distraerla hacía diez años por haber perdido a Nick, pero no lo estaba consiguiendo en aquellos momentos. No lograba concentrarse durante más de unos minutos. No hacía más que pensar en Nick.

¿Dónde estaba? ¿Por qué se había marchado justo

cuando tenían que hablar de la situación en la que se encontraban como dos personas normales? Comprendía que necesitaba tiempo, pero el hecho de que casi no hubiera hablado desde que ella le comunicó sus intenciones, no auguraba nada bueno.

Se dirigió a la ventana para poder desperdiciar allí otra media hora sin hacer nada, pero se detuvo al escuchar que la puerta se abría. Se dio la vuelta y vio que Nick entraba en la suite. Iba despeinado y con una expresión salvaje en el rostro.

−¿Te encuentras bien?

−Ahora sí −respondió él. Al verla, los ojos se le habían iluminado.

Él atravesó la habitación inmediatamente y la tomó entre sus brazos. Le dio un apasionado beso, tras el cual, después de una exquisita eternidad, los dos se quedaron sin aliento y lo rompieron a la vez. Se miraron a los ojos.

−He estado pensando.

−Me lo había imaginado considerando que te marchaste de aquí como un rayo.

−Lo siento, pero necesitaba espacio. Ya sabes que necesito un tiempo muerto cuando las cosas se ponen difíciles. He decidido que deberías aceptar ese trabajo.

−Oh −susurró ella. La desilusión se apoderó de ella. El dolor de volverlo a perder le partió el corazón en dos.

−Pero sólo si encontramos el modo de pasar al menos seis meses del año juntos. Ya me va a costar bastante no verte todos los días.

−¿Me estás diciendo...?

−Te estoy diciendo que, para mí, este matrimonio es real, pelirroja.

Brittany lanzó un grito de felicidad muy fuerte cuando él la tomó en brazos y comenzó a dar vueltas con ella. No dejaba de llorar y reír al mismo tiempo.

Nick la abrazó con fuerza y comenzó a acariciarle el cabello y a secarle las lágrimas. Ella, por su parte, no se cansaba de él ni de pensar que tenían una vida entera por delante.

–Sobre este matrimonio...

Justo en aquel momento, el teléfono móvil de Brittany empezó a sonar. Ella lo apagó inmediatamente.

–¿Decías?

–Eso podría ser importante.

–Nada es tan importante como escucharte hablar de nuestro matrimonio.

–En ese caso...

Ella lanzó una maldición cuando el teléfono de la suite comenzó a sonar. Nick se dispuso a contestar, pero ella se lo impidió.

–Déjalo.

–Tal vez alguien está tratando de ponerse en contacto contigo. Primero el móvil y ahora el fijo. Contesta para que podamos seguir con lo nuestro.

De mala gana, Brittany descolgó el teléfono y se llevó el auricular al oído.

–¿Sí?

–¿Señorita Lloyd? Soy la enfermera Peters de la residencia de ancianos en la que se encuentra ingresado su padre. Siento decirle que su padre ha tenido otro ictus. Es mejor que venga lo antes posible.

–Iré enseguida.

Brittany colgó inmediatamente. Sabía que tenía que ir aunque tuviera sentimientos ambivalentes sobre su padre.

—¿Qué ocurre?
—Es mi padre. Ha tenido otro ictus.
—Diablos.

Nick se dio la vuelta, pero no sin que Brittany se percatara de una expresión de culpabilidad que no comprendió.

—Tengo que irme.
—Por supuesto. ¿Quieres que te acompañe?
—No. Estaré bien.

Brittany levantó la mano y acarició la mejilla de Nick. Tenía el corazón henchido de amor por su esposo. Su esposo. Tenía ya el derecho de llamarlo así y no podía sentirse más feliz por ello.

—Quédate aquí. Regresaré tan pronto como pueda para que podamos hablar un poco más.

Nick la tomó entre sus brazos para darle un último beso antes de dejar que ella se marchara rápidamente de la suite.

Estaba segura de que cuanto antes hiciera a su padre aquella visita obligada que no había hecho nada para merecer, más rápido podría empezar el resto de su vida.

## *Capítulo Trece*

Brittany se detuvo en el umbral de la habitación de su padre y vio cómo el hombre que había hecho que su vida fuera un infierno estaba reclinado sobre la cama. No se merecía aquello. Nadie se merecía sufrir así. Nadie debería ver cómo el cuerpo se le va consumiendo y se le priva de dignidad fueran cuales fueran sus pecados.

¿Se había apresurado tanto en ir a verlo por obligación? ¿Por cariño? Ciertamente no había sido por amor. Su padre había borrado aquel sentimiento en ella la primera vez que le levantó la mano.

A pesar del deber familiar que la había hecho acudir, no deseaba quedarse. Si su padre no había querido limar asperezas unas semanas antes, las cosas no podían haber cambiado en cuestión de unos días. En todo caso, la enfermedad le habría agriado más el carácter, algo de lo que ella no quería ser testigo.

–¿Papá?

Se acercó a la cama y extendió una mano para tocarle el brazo. Cuando vio que él giraba la cabeza, lo dejó caer y se pegó a la pared.

–Vete. Déjame morir en paz.

–No te estás muriendo, papá. El médico me ha dicho que has tenido otro pequeño ictus, pero que no hay efectos residuales.

Su padre hizo un repentino movimiento hacia ella.

A Brittany le horrorizó que su reacción fuera dar un paso atrás. ¿Hasta cuándo iba a tener miedo de él?

La última vez que habían tenido una conversación normal sin que la ira explotara en él, había sido cuando Brittany tenía dieciséis años. Había tenido lugar el día antes de que su madre se marchara y había sido la última vez que él se había sentido a salvo en su presencia.

–¿Qué saben esos idiotas? Me tienen harto de pastillas para el corazón y para licuar más la sangre y sólo Dios sabe qué más. Matasanos...

–Te pondrás bien –le aseguró ella, aunque no le importaba.

–Además, ¿qué estás haciendo aquí? ¿Te has peleado con el inútil de tu marido? –le preguntó lleno de malicia.

–Nick y yo somos muy felices.

–¿Felices? Pues más tonta eres tú. La única razón por la que ese hijo de perra se ha casado contigo es para vengarse. Incluso ha venido aquí hoy para presumir delante de mí. Me odia a muerte desde que nosotros hicimos nuestro pequeño trato.

Brittany lo miró extrañada, pero no le preguntó lo que quería decir. Sin embargo, la curiosidad debió de reflejársele en el rostro.

–Me apuesto algo a que no te ha hablado de nuestro pacto –le dijo al ver que ella no contestaba–. Si dejaba de andar detrás de ti, yo dejaba que su estúpido padre se quedara con esa patética plantación.

Un zumbido empezó a resonar en los oídos de Brittany. Respiró profundamente, desesperada por conseguir aire, por algo que borrara aquellas palabras.

–¿Cómo se siente una al entrar la última de una carrera de dos caballos?

Su despiadada carcajada le puso a Brittany los pelos de punta. No se podía creer que hubiera amado alguna vez a aquel anciano. Se horrorizaba de la persona en la que él se había convertido.

–Sí, venganza. Dulce y pura venganza. Mancini debe de estar encantado con vuestro matrimonio.

Al escuchar el desprecio con el que pronunciaba su padre aquella última palabra, Brittany se dio la vuelta y salió corriendo

Nick no la amaba

Su matrimonio no era real.

Todo aquello había sido un retorcido y siniestro juego para él.

Cuando por fin salió al exterior, el dolor de aquel engaño la obligó a doblarse por la mitad. Se prometió que no volvería a permitir que Nick Mancini la engañara.

En el momento en el que llegó al hotel, el legendario genio que se atribuía a su color de cabello había llegado al punto de ebullición. Quería hacer las maletas y montarse en el primer avión que regresara a Londres, pero no antes de decirle a Nick unas cuantas verdades. En aquella ocasión, se iría dando un puñetazo en la mesa.

Sería capaz de matarlo por el hecho de que él hubiera conseguido que él la amara otra vez y por causarle un incesante dolor en el corazón, que casi le impedía respirar.

Cuando entró en la suite, Nick levantó el rostro del escritorio y la observó con su mirada de caramelo.

–¿Cómo está tu padre?

–Ya me lo dirás tú –respondió dando un portazo–. Aparentemente, os lleváis tan bien que fuiste a visitarlo. Ay, espera –añadió ella tras chascar los dedos–.

No tenía nada que ver con la amistad sino con el hecho de presumir delante de él que por fin habías logrado tu venganza.

Nick se puso de pie y se dirigió hacia ella.

–¿De qué estás hablando?

–¡No te muestres condescendiente conmigo! Él me habló de vuestro pacto, del hecho que tú eligieras a tu padre por encima de mí. Sé que la familia es muy importante para ti, pero me lo podrías haber dicho, maldito seas. ¿Sabes cuánto tiempo tardé en superar lo ocurrido? ¿Lo sabes?

–Deja que te explique.

–No te molestes –le espetó ella tras darle un empujón para que no se acercara–. Ni me amabas lo suficiente entonces ni me amas ahora.

–Te estás equivocando...

Brittany se echó a llorar. Nick aprovechó para agarrarle las muñecas, aunque ella ya no tenía fuerzas para luchar. Se desmoronó en una silla.

–¿Sí? Yo creo que lo que me ha dicho mi padre tiene mucho sentido común.

Nick le soltó las muñecas y se mesó el cabello.

–¿Te acuerdas cuando te fuiste a Brisbane durante un mes antes de marcharte a Londres? Darby no sabía que no eran unas vacaciones. Creía que ibas a regresar. Por eso, me advirtió para que no me acercara a ti. Amenazó con quitarle a mi padre la plantación si yo me negaba. Cuando mi madre se marchó, la plantación era lo único que daba fuerzas a mi padre. Yo no podía dejar que tu padre lo arruinara todo, por lo que hice lo que consideré lo mejor en su momento. Dejé que él creyera que había conseguido dar por concluida toda relación entre nosotros

Maldito fuera su padre.

Maldito fuera Nick por tener razón.

No podía culparlo por la lealtad que había mostrado para con su padre. No podía negar la lógica, pero, en aquellos momentos, no quería ni lógica ni racionalidad. Necesitaba desahogarse.

Chascó los dedos y lo miró con desaprobación.

–Algo cierto, dado que tú ya habías terminado las cosas entre nosotros.

–Yo no quería dejarte escapar, pelirroja –dijo él con un tono de profunda lamentación.

–Entonces, ¿por qué? ¿Por qué me ignoraste aquellas últimas semanas? ¿Por qué terminaste por alejarte de mí?

–Tú tenías tus sueños y yo tenía los míos. No estábamos en el momento adecuado para sostener una relación.

–¿Y ahora? Nuestro matrimonio...

Nick atravesó la estancia, se puso de rodillas y le agarró la mano.

–¿De verdad crees que yo sería capaz de utilizarte de esa manera?

–No sé qué pensar...

–Entonces, te ruego que no pienses eso.

La tomó entre sus brazos y la besó, borrando con aquel gesto la necesidad de hablar, de discutir, de racionalizar, borrando la necesidad de todo lo que no fuera perderse en la magia de aquel beso. Sin embargo, a pesar de las muchas veces que la besara, que la abrazara, que le hiciera el amor, ella siempre tendría la duda de que él se había casado con ella por venganza.

Presintiendo lo que estaba pensando, Nick rompió el beso y la agarró por los brazos, como si supiera que ella iba salir huyendo.

–Al principio, nuestro matrimonio fue puramente una relación de negocios. Ésa fue la única razón por la que me casé contigo.

–¿Y ahora?

Brittany había querido escuchar aquellas palabras cuando se acercó por primera vez a él, cuando por primera vez se sinceró con él. Había querido que él la tomara entre sus brazos y que le dijera que sentía lo mismo.

Sin embargo, en aquellos momentos...

–Sigues queriendo lo mismo, ¿verdad?

La mirada desesperada de Nick examinó la de ella y lo único que ella pudo hacer fue asentir ligeramente.

Sin embargo, su plan había cambiado. Las palabras se van con el viento. Brittany lo había aprendido a la fuerza. La primera vez que su padre le dedicó un insulto y se disculpó con palabras sin significado. La primera vez que la empujó contra la pared, para seguidamente pronunciar una retahíla de esas mismas palabras. La primera vez que le levantó la mano, cuando ya las palabras no sirvieron para hacer de puente sobre el abismo que se había abierto entre ellos.

Se había marchado a Londres, había empezado una nueva vida. Parecía que lo mismo le tocaba hacer en aquella ocasión.

–Me marcho a Londres.

–¿Cuándo? –quiso saber él. Tenía el rostro muy pálido.

–Mañana.

–¿Y todas las cosas que dijiste sobre lo que querer un matrimonio de verdad? Espero que no creas a Darby...

—Te creo a ti, Nick, pero tengo un trabajo que hacer. No me puedo olvidar de eso. Tú eres un hombre de negocios y supongo que lo comprenderás.

Jugó aquella carta sabiendo que a él no le quedaría más remedio que ceder. Lo irónico de todo aquello era que habría renunciado a su trabajo como directora gerente sin dudarlo si él le hubiera profesado su amor unas pocas horas antes. Sin embargo, los hechos demostraban las verdades y, en aquellos momentos, nada de lo que Nick pudiera decir quedaría libre de las dudas que su padre había creado en ella.

Nick le entrelazó los brazos alrededor de la cintura y la estrechó contra su cuerpo. Ella se lo permitió.

—Te amo, pelirroja. Lo sabes, ¿verdad?

—Es la primera vez que me lo dices. ¿Cómo voy a saberlo? –le espetó ella.

Nick se quedó atónito. El dolor que se reflejó en su mirada fue como si a Brittany le hubieran clavado una estaca en el corazón.

—Por mis actos.

—¿Cuál de ellos? ¿Cuando me mentiste en vez de decirme la verdad hace diez años o cuando te casas conmigo para conseguir ventajas para los negocios?

Nick le colocó la mano sobre la mejilla y se la acarició suavemente con el dedo.

—Te aseguro que cada noche de nuestro matrimonio ha sido real. Cada instante en el que te he tenido entre mis brazos. No se puede fingir lo que hay entre nosotros, como tampoco tú te puedes alejar de ello.

—Y no lo hago.

—¿Cómo puedes decir eso? –le preguntó él. La soltó y dio un paso atrás. La tensión entre ellos era palpable.

–Tengo que hacerlo, Nick. Para mí es importante, como lo que lo que ocurra con nosotros. Podemos conseguirlo...

–Dame esta noche...

Brittany le daría los siguientes cincuenta años de su vida si pudiera confiar en él, pero, en aquellos momentos, no podía ver más allá de la duda. No podía confiar en nada de lo que él le dijera. Necesitaba tiempo. Espacio.

–Una última noche –repitió él–. La última durante un tiempo. ¿Podrás hacerlo?

Brittany estuvo a punto de negarse, de buscar una excusa para no hacerlo, pero no consiguió pronunciar las palabras.

–Está bien.

Nick la tomó entre sus brazos para darle un rápido beso, que dejó a Brittany con la cabeza dándole vueltas y el corazón lleno de confusión.

–No te arrepentirás.

Antes de que él saliera por la puerta, Brittany ya se arrepentía.

## *Capítulo Catorce*

Nick podría haber desperdiciado tiempo y energías en culpar a Darby Lloyd de todo, pero, en vez de hacerlo, puso en práctica su plan. Cuando escuchó lo que Brittany dijo, deseó la muerte al anciano. Darby Lloyd era un hombre malvado, decidido a terminar con la felicidad de su propia hija. ¿Qué clase de padre hacía eso?

Nick jamás había contado con la aprobación de Darby, pero ¿y Britt? ¿Acaso aquel viejo malnacido no la quería?

Sin embargo, algo aguijoneaba su conciencia como si fuera una espuela. Algo sobre el hecho de que Britt no supiera nada de la muerte de su padre.

Había atribuido a Darby que su padre no le importara nada y que, por eso, no se había molestado en informar a Britt sobre algo tan trivial para él. Sin embargo, ¿y si había otra razón para que ella no lo supiera? ¿Por qué, desde su llegada de Londres, no había pasado más tiempo con su padre, un padre que estaba enfermo?

Sí. Algo no encajaba. No se había parado a pensarlo antes porque había sido feliz disponiendo de todos los instantes del tiempo de Britt cuando ella no estaba trabajando, pero si se paraba a pensarlo...

Cuando se lo preguntó, ella había mencionado que Darby había dicho que no le iba dar más dinero porque se había casado con él y había palidecido antes de cambiar rápidamente de tema. Nick podría haber insistido, pero no quería que aquella noche tuviera que ver con algo que no fueran ellos.

Miró a su alrededor y esperó estar haciendo lo correcto.

¿Se acordaría ella? ¿Significaría algo para ella? Nick le había dicho que la amaba, pero no era suficiente. Lo había visto en sus ojos.

Había llegado el momento de demostrar que su matrimonio era real en todos los sentidos. No iba a consentir que ella se marchara pensando que no era así.

Una desagradable sensación de haber vivido ya aquella situación se apoderó de Brittany en el exterior de la habitación de su padre. Había sido una estúpida por volver allí, en especial después de todo lo que había ocurrido, pero no podía dejar de pensar en algo que Nick había dicho sobre su padre. Él había comentado que, aunque Darby era una mala persona, debía quererla lo suficiente como para darle dinero para empezar una nueva vida en Londres.

Considerando la razón por la que ella se había marchado al otro lado del mundo, ella había dado por sentado que Darby le había dado dinero para controlarla, como siempre. No se le había pasado por la cabeza que hubiera ninguna otra razón.

Si era cierto que tanto la odiaba, ¿por qué la había ayudado? ¿Por qué no se había limitado a esperar para ver cómo ella fracasaba, esperando que regresara corriendo a casa en vez de darle dinero para mantenerse?

Tenía que saber la razón.

Tras respirar profundamente, entró en la habitación y se dirigió a la cama en la que yacía su padre. Darby tenía un aspecto tan viejo y cansado que no pudo reprimir un repentino sentimiento de pena que duró hasta que él abrió los ojos y la miró con ferocidad.

–Pensaba que te dije que...

–¿Por qué lo hiciste, papá?

–Confiaba que Mancini te contara nuestro trato...

–No me refiero a eso. Al dinero. ¿Por qué me diste ese dinero y fingiste que era de mamá? –le preguntó. Darby se limitó a agarrar la sábana con los dedos y a guardar silencio–. Dímelo, papá. Me lo debes.

Esperaba que su padre dijera que no le debía nada, así que estuvo a punto de desmayarse cuando él se incorporó y le hizo un gesto para que se acercara.

–La única razón por la que te dejé ir a Brisbane de vacaciones fue porque no podía soportar ver cómo seguías encogiéndote de miedo ante mí. Entonces, cuando me enviaste ese correo y me dijiste que estabas en Londres y que no ibas a regresar, me sentí muy preocupado.

–Para sentirte preocupado deberías haber tenido sentimientos hacia mí...

–Y los tenía...

–¿Consideras que los maltratos son tener sentimientos hacia una persona? ¿Los empujones y las palabras de desprecio? ¿Los...? Eras mi padre. ¡Deberías haberme demostrado tu cariño de otro modo! ¿Qué fue lo que hice mal? ¿Por qué me trataste de ese modo? ¡Dímelo, maldito seas!

Para su asombro, su padre comenzó a llorar. Las lágrimas empezaron a caerle por las arrugadas mejillas.

–Nada de lo ocurrido fue culpa tuya. Nada. Yo me

comporté como un monstruo. Lo que hice fue imperdonable.

–Entonces, ¿por qué?

Darby respiró profundamente y la miró a los ojos.

–Porque mirarte a ti era como hacerlo con la versión más joven de tu madre, la versión de la que me enamoré. Verte todos los días me recordaba cómo había sido y en lo que se había convertido cuando se marchó y se mató. Porque me dolía aquí –susurró, tocándose el corazón. En aquel momento, la máquina a la que estaba conectado dio un pitido de alarma–, cada vez que te miraba y que deseaba que fueras ella.

Brittany tenía sus respuestas, pero ésas no servían de mucho para borrar los años de amargura. Comprendió, demasiado tarde, que nada de lo que su padre pudiera decir o hacer podría compensarla por lo que le había hecho pasar.

Entonces, ocurrió.

Darby extendió las manos hacia ella, suplicándola. Brittany las miró, esperando sentir asco o algo peor, miedo al recordar que la última vez que él había extendido una mano había sido para pegarla.

Sintió pena y tristeza. Se la estrechó con la suya brevemente y la retiró. Tal vez aquel gesto era mucho más de lo que él se merecía, pero, con aquel gesto, Brittany había conseguido aliviar su ira.

–Lo siento tanto...

Brittany asintió. Necesitaba escapar antes de que se derrumbara delante de él.

–Yo también, papá. Yo también.

\*\*\*

Entró en la suite Crusoe. Todos los detalles de la increíble estancia, desde el color marfil de las tapicerías, hasta la piscina que se extendía hacia el horizonte, la cama de alabastro, las velas que brillaban bajo la luz del atardecer y el aroma de las flores, indicaban que él se acordaba.

Observó la manta de picnic extendida en medio de la habitación, el festín de fresas y chocolate, las almendras tostadas y la botella de Muscato en una cubitera.

Todas sus cosas favoritas en la habitación de sus fantasías.

¿Cuándo se lo había dicho? ¿En la primera cita? ¿En la segunda? ¿En la décima?

No importaba, considerando que él se había acordado de cómo era su isla de fantasía y la había recreado a la perfección en aquella maravillosa suite.

−Me alegro de que hayas venido...

Si la habitación era maravillosa y la vista sublime, Nick no parecía de este mundo. Llevaba unos pantalones negros y una camisa blanca, sin corbata y tenía el cabello revuelto por la brisa del mar. Se acercó descalzo hacia ella, provocando que cada uno de sus pasos colocara a Brittany al borde de un ataque cardiaco.

−Tenía que despedirme... −susurró ella mientras Nick la tomaba entre sus brazos y la acompañaba hasta la manta de picnic. Allí, la hizo sentarse mientras le besaba el cuello.

−Shh...

Le dio también un beso en los labios. Un beso que daba alas a los sueños. Un beso cargado de promesas.

−No hables de despedidas. Tenemos toda la noche y tengo intención de que hasta el último segundo sea importante... Toma. Bébete esto.

Nick le entregó una copa de vino. Después de que Brittany diera un trago muy poco propio de una dama, se aclaró la garganta y consiguió por fin hablar.

–Esta debe de ser la suite más popular del hotel.

–No. Nadie la ha utilizado nunca.

–No lo comprendo...

–Esta suite no está disponible. No se ha usado nunca.

–Pero...

–Esta noche es la primera vez.

–¿Me estás diciendo...?

Nick la besó de nuevo y, sin apartar los labios, susurró:

–Esta suite es tuya, pelirroja. Tu fantasía. Supongo que comprenderás que no podía compartirla con nadie más.

El corazón de Brittany se llenó de un profundo amor hacia aquel hombre tan sorprendente. Lo amaba con todo su corazón, pero no podía acallar las dudas que sentía. Aunque había dado el primer paso para perdonar a su padre, todo lo que había pasado con él la había convertido en la mujer que era: fuerte, independiente, que tenía miedo de confiar en la gente, una mujer cautelosa de amar demasiado y de dar demasiado.

Aquella habitación era una fantasía. Su fantasía. ¿Ocurriría lo mismo con su matrimonio? Había comenzado con fingimiento y se había construido sobre cimientos poco firmes, algo pasajero, intangible, que se podía desvanecer tan fácilmente como los sueños que ella había tenido para los dos.

–¿Por qué construiste una suite como ésta si no sabías si yo la vería alguna vez?

–He construido mis sueños de la nada. Cuando no se tiene nada, la esperanza es un motor muy poderoso.

–¿Esperabas que yo regresara algún día?

–Contaba con ello. Solía venir aquí a solas. Aquí era donde mejor pensaba –comentó él mirando a su alrededor.

–Sin embargo, yo sólo regresé por motivos de trabajo y nuestro matrimonio fue para beneficiarnos mutuamente. ¿Cómo sabías que yo vería esto algún día?

–Tenías que volver, pelirroja. Es el destino.

–Yo no creo en el destino.

Nick extendió una mano. Brittany le dio una de las suyas y él tiró de ella para ponerla de pie con una sonrisa en los labios.

–Es mi parte italiana. Nosotros creemos en los designios divinos. Y también creo en nosotros.

Brittany quería perderse en aquel momento, perderse en la fantasía, pero no podía negar la lógica. Se iba a marchar al día siguiente. Quería asegurarse de que él sabía en qué situación se encontraba su matrimonio.

–Hace diez años no. No lo suficiente para que lo nuestro funcionara.

–Era joven, idealista... Estúpido. Deja que te demuestre lo mucho que significas para mí.

–No tienes que...

Nick la besó para borrar así las protestas de ella, sus razones. Brittany se echó a temblar cuando él profundizó el beso y deslizó la lengua entre sus labios para tocarle la lengua. Entonces, él comenzó a desabrocharle el vestido.

Éste cayó al suelo con un susurro de seda, dejándola completamente desnuda para que él pudiera tocarla, deslizarle las manos sobre la piel hasta llegar al borde de las braguitas e introducirse debajo.

–Oh...

Cuando él comenzó a tocarle el clítoris, ya no pudo pensar. No quería pensar cuando, sin dejar de acariciárselo, la empujó hacia la cama.

–Sube, cariño –le dijo él cuando llegaron al colchón.

Nick la mantuvo a punto, atormentándola de placer mientras ella se arqueaba, levantaba las caderas, desesperada por sentir sus caricias y suplicándole que liberara su placer.

–Tenemos toda la noche.

La besó y siguió jugando con ella hasta que el deseo la transformó en un ser incoherente por la profunda necesidad que sentía.

–Nick, por favor...

Por fin, él comenzó a aumentar la cadencia de sus caricias. El pulgar estimulaba el clítoris con una presión casi perfecta. Con la siguiente caricia, los temblores de gozo comenzaron a sacudir su cuerpo, oleada tras oleada de intenso placer...

Antes de que tomara aliento, Nick se quitó los pantalones, se colocó un preservativo y la penetró con insistencia, pidiéndole más de lo que ella era capaz de dar.

Brittany se quedó saciada, inmóvil de pura satisfacción, pero, mientras que Nick se hundía en ella, su deseo volvió a prenderse y la hizo tensarse y explotar al mismo tiempo que él. Los gritos de placer de ambos se mezclaron en el aire de la noche antes de dejar paso a un silencio de profunda satisfacción.

\*\*\*

Ella se había marchado.

Nick lo supo en el momento en el que se despertó. No necesitó abrir los ojos para saber que Britt se había marchado. Ella formaba parte de él. Siempre lo había sido. Él no había bromeado cuando le dijo que había preparado aquella habitación con la esperanza de que regresaría algún día. Brittany era la única mujer para él. Era su esposa, los dos se amaban... Nada podía detenerlos.

Entonces, ¿por qué estaba allí tumbado en solitario mientras que ella iba a empezar un viaje que la llevaría al otro lado del mundo? La había dejado escapar en una ocasión. No volvería a hacerlo.

Sin embargo, no podía controlarla. No podía sujetarla. Comprendía su empuje, su ambición, porque era la misma necesidad de éxito que le corría a él por las venas.

La noche anterior no habían resuelto nada. Nick había pensado hacerlo. Había querido hablar con ella, pero sus intenciones se habían quedado en eso desde el momento en el que le resultó imposible apartar las manos de ella. Se habían dado placer mutuamente en repetidas ocasiones, toda la noche, para quedarse por fin dormidos al amanecer.

No tenía que mirar el reloj para saber que serían más o menos las nueve. La luz del sol indicaba que debía de ser esa hora.

Se levantó de la cama y se puso los pantalones. Britt no podía llevarle mucha delantera. Necesitaba verla, asegurarse de que ella comprendía la profundidad de sus sentimientos antes de subirse en el avión.

Se puso la camisa y, sin preocuparse de los botones, se dirigió hacia la puerta. Entonces, cuando ya tenía la mano en el pomo, algo metálico le llamó la atención desde la mesa.

El sol se reflejaba en aquel objeto y enviaba sus reflejos contra las paredes. No tardó en darse cuenta de qué se trataba.

El corazón se le detuvo.

No. No podía ser.

Tomó el anillo en la mano. La furia y la incredulidad se apoderaron de él. Britt se había quitado su alianza de bodas. La había dejado atrás. Eso sólo podía significar una cosa: quería dar por terminado aquel matrimonio.

Se metió el anillo en el bolsillo y abrió la puerta.

No estaba dispuesto a perderla sin luchar.

Aquella vez no.

# *Capítulo Quince*

Brittany estuvo tocándose el dedo en el que había llevado su alianza de bodas durante las veinticuatro horas que duró el vuelo a Londres.

¿Había hecho bien?

Sentía que se había comportado como una cobarde. Se había quitado la alianza siguiendo un impulso y se había marchado con las primeras luces del día mientras Nick seguía durmiendo.

La noche anterior lo había cambiado todo.

No confiaba en palabras. Necesitaba hechos y Nick le había demostrado lo mucho que deseaba que aquel matrimonio fuera real y lo mucho que la amaba. Con cada caricia, con cada murmullo, con cada beso, Nick le había demostrado que la amaba.

Fue entonces cuando ella comprendió que tenía que salir huyendo.

Si se hubieran despertado juntos, no habría podido marcharse. Y mucho menos si él le hubiera pedido que se quedara. Comprender ese hecho la aterrorizó. Ella, la mujer profesional e independiente, estaba tan enamorada que ya no podía controlar su actos. Había visto su oportunidad de escapar y la había tomado.

Tenía que huir. No había otro modo.

Nick no sabía nada de la verdad sobre su padre, sobre el porqué aquella deuda le pesaba tanto o el hecho de que sabía que las personas que amaban también podían hacer daño. Lo más valiente habría sido contarle la verdad, pero sólo pensarlo hacía que se echara a temblar.

No quería su pena ni su compasión. No podía fiarse de ese amor porque un día ya no estaría presente. Sabía que, si volvía a dejarse caer, ya no podría levantarse.

No quería que él se viera arrastrado a su sórdida vida familiar. No quería decirle toda la verdad. Era su pasado y necesitaba borrarlo antes de poder concentrarse en el futuro.

Como cortesía de un pequeño incidente en el nuevo hotel Phant-A-Sea de las Bahamas, Nick se pasó tres semanas enteras pensando en la desaparición de su esposa. Había tratado de llamarla. Brittany no contestaba el teléfono. Había tratado de mandarle un correo electrónico. Ella le había enviado una breve contestación en la que le decía que estaba muy ocupada con su nuevo puesto, que no tenía ni un minuto libre y que se pondría en contacto con él pronto.

Todo mentiras.

¿Cuánto se tardaba en escribir *Te quiero* al pie de un correo electrónico? ¿O de enviar un mensaje de texto en el que le dijera que lo echaba de menos?

Si después de la última noche que pasaron juntos ella no había comprendido nada, sería mejor que Nick recogiera sus cosas y regresara a Noosa para dedicarse por completo a sus negocios y olvidarse de aquel breve matrimonio.

Sin embargo, quería respuestas. Se las merecía. Y las conseguiría.

Tomó su teléfono móvil, lo abrió y se preparó para

marcar. Si la llamaba, ella probablemente no contestaría. Era mejor enviarle un mensaje... ¿De qué serviría aquello? Seguramente Brittany haría cualquier cosa para evitarlo.

Era mejor sorprenderla.

Conociendo a su testaruda esposa tan bien como la conocía, le daba la sensación de que iba a necesitar toda la ayuda que pudiera conseguir.

Brittany comprobó la dirección en su BlackBerry y miró el número borroso que había sobre la destartalada puerta de piedra.

Sí. Allí era.

Un conglomerado de empresas del que jamás había oído hablar quería convertir aquella vieja mansión en el centro de Chelsea en un hotel. Notó el mal estado en el que se encontraba el edificio, que en el pasado había sido una casa de cierta importancia. No era su trabajo comprobar la viabilidad del edificio, sino proporcionar a sus clientes una campaña publicitaria. Aquello era lo que necesitaba en aquellos momentos para ayudarla a centrarse y a tener ocupadas todas las horas del día. Así, podría dejar De pensar en Nick y en lo mucho que lo echaba de menos.

¿Echarlo de menos? Más que eso, ansiaba su presencia y su deseo incontrolable de volver a verlo se acrecentaba con cada día que pasaba.

Había pasado casi un mes y, aunque estaba agradecida de que él hubiera dejado de llamarla todos los días o de enviarle correos, un pequeña parte de su ser se entristecía cada vez que comprobaba los mensajes y veía que no había nada de él.

Había tomado el teléfono en varias ocasiones, desesperada por escuchar su voz, para volver a colgarlo. Sabía que, si escuchaba el tono de su voz profesándole su amor, ella se desmoronaría y le contaría la verdad.

No podía permitírselo. Tan sólo unos meses más y estaría libre... habría pagado a su padre todo el dinero que le debía. Después de eso, ¿quién sabía? Tal vez su futuro podía acomodar un esposo y una renovada relación con su padre.

Su BlackBerry dio un pitido. En la pantalla se veía el número de su cliente con un mensaje:

*Reúnete conmigo en el último piso.*
*Estoy ansioso por empezar esta reunión.*

–Malditos ricachones –musitó ella.

Se metió la BlackBerry en el bolso y abrió la puerta principal. No le sorprendió que los goznes chirriaran su protesta.

Dio las gracias porque aquel edificio sólo tuviera tres plantas y subió por la escalera. Mientras admiraba los techos, las elaboradas cornisas y las arañas de cristal, tuvo que admitir que aquel edificio sería magnífico cuando recuperara su antigua gloria. Comprendía por qué alguien quería convertirlo en un hotel.

Llegó por fin al rellano superior y abrió la única puerta que había al final de un largo pasillo. Se dirigió hacia allí y, tras atusarse el cabello con una mano, esbozó la mejor de sus sonrisas y entró.

Su cliente estaba delante de la ventana, lo que dificultaba que ella lo viera bien. No obstante, cuando él se dio la vuelta y dio un paso hacia ella, lo vio más que bien.

El alma se le cayó a los pies acompañada de su maletín. La sonrisa se le borró de los labios junto con la esperanza de mantener a Nick Mancini a raya hasta que terminara su trabajo.


El primer impulso de Nick fue acercarse a Britt, tomarla entre sus brazos y olvidar la agonía de aquel mes. Eso fue antes de que viera la dureza de la boca de ella, la airada mirada de zafiro y el porte altivo.

¿Había recorrido medio mundo para estar con la mujer que amaba y ella se enfadaba?

Se metió las manos en los bolsillos y se apoyó contra la ventana.

–¿Qué? ¿No vas a darle un beso de bienvenida a tu marido?

Brittany recogió su maletín y lo colocó sobre una mesa cercana. Mostraba una actitud fría y controlada, precisamente lo que Nick no quería. Quería pillarla desprevenida, sorprenderla, para poder sacarle la verdad sobre la razón que la había empujado a huir, sobre el porqué le había devuelto su anillo. En vez de eso, ella se alisó la falda y la chaqueta y se apoyó sobre la mesa.

–¿Qué estás haciendo aquí, Nick?

–Un asunto de negocios.

–Por supuesto.

–Un asunto inacabado.

Incapaz de controlarse, él recorrió la habitación con cuatro zancadas y la tomó entre sus brazos para besarla. Ella se resistió durante unos segundos antes de deshacerse contra el cuerpo de su marido.

–No...

Cuando estaba a punto de profundizar el beso, Brittany lo apartó. Si él no hubiera visto un miedo real en sus ojos, le habría preguntado por qué. Se limitó a dar un paso atrás y proporcionarle el espacio que ella necesitaba

–¿No qué? ¿Que no te dé esto?

Se metió la mano en el bolsillo interior de la chaqueta y sacó la alianza de bodas. Entonces, agarró la mano de Brittany y se la dejó caer en la palma.

–Te la dejaste allí, aunque no entiendo por qué. Lo último que me dijiste fue que querías que este matrimonio funcionara. También querías volver aquí, por lo que yo pensé que idearíamos una logística para tenerlo todo. En vez de eso, te marchaste antes de que yo pudiera despedirme de ti y te dejaste el anillo. Estos hechos me llevan a preguntarte si quieres que nos divorciemos.

Se produjo un tenso silencio. Por fin, ella levantó la mirada y lo que Nick vio en sus ojos lo descolocó por completo. Brittany estaba llorando.

–Pelirroja, no quería...

–No importa. Te lo debería haber contado –susurró, entre sollozos, mientras él la tomaba entre sus brazos.

Cuando él se había negado a acompañarla diez años atrás, Brittany no había derramado ni una sola lágrima y él la había admirado por ello. En aquel momento, mientras las lágrimas que ella derramaba le mojaban la camisa, la pequeña grieta de su corazón, que se le hizo cuando encontró la alianza sobre la mesa, se hizo más grande. Nick comprendió que ya no podría repararla.

Desesperado porque ella dejara de llorar, le dijo:

–Bueno, ¿vas a ayudarme a transformar este lugar en un hotel Phant-A-Sea o no?

Brittany se secó los ojos y levantó la cabeza.

–¿De verdad vas a transformar esta casa en un hotel?

–Sí, pero necesito la ayuda de la directora gerente de Sell para conseguirlo.

–¿Durante cuánto tiempo?
–Una vida entera.

Ella abrió los ojos de par en par y se mordió el labio inferior.

–¿Me estás diciendo que...?

–Te estoy diciendo que te amo y que quiero que este matrimonio funcione, pelirroja. Habría venido antes, pero tenía que ocuparme de un asunto urgente para poder pasar todo el tiempo posible en Londres. Contigo –dijo. Agarró las manos de Brittany y se las colocó sobre el pecho–. Es lo que quería decirte la mañana en la que te fugaste. Haré lo que sea necesario para que este matrimonio funcione, para demostrarte lo mucho que te quiero.

Ella empezó a llorar de nuevo.

–No, no. No llores.

La besó lenta y tiernamente, tratando de transmitirle su amor, esperando que ella pudiera sentir lo mucho que la amaba en aquel gesto. Entonces, horrorizado, vio cómo ella rompía el beso y se apartaba de él.

–¿Pelirroja?

Brittany lo miró a los ojos por fin.

–Hay muchas cosas que no te he contado.

–Ponme a prueba –afirmó él. Dio un paso hacia ella y le mostró la palma de las manos–. No hay nada que pudieras decirme que tuviera el poder de cambiar lo que siento por ti.

Brittany ahogó un sollozo. No podía comprender por qué Nick estaba allí y mucho menos absorber el impacto de sus palabras.

La amaba.

Estaba dispuesto a pasar el tiempo que hiciera falta para hacer que su matrimonio funcionara allí en Londres, con ella. La había seguido hasta allí. Había hecho el esfuerzo que no hizo diez años atrás. ¿Podía ser que él hubiera cambiado de verdad? ¿Que le estuviera ofreciendo algo completamente nuevo?

Sin embargo, en vez de confesarle la verdad, como le decía su instinto, se atascó. Se sentía humillada pensando que el hombre a quien amaba pudiera pensar que no era tan capaz como él creía.

–¿Por qué huiste? ¿Por qué te dejaste el anillo?

–Porque este trabajo lo es todo para mí.

–Entiendo.

Al ver lo afectado que se sentía él, Brittany supo que tenía que decirle la verdad para salvar aquella relación.

–En realidad, no lo entiendes –susurró. Se dejó caer en un raído sillón y agitó la mano para desintegrar la nube de polvo que se levantó–. Necesito el dinero. Desesperadamente.

Nick se sentó frente a ella

–Si necesitas dinero, yo podría...

–Ésa es exactamente la razón de que yo me marchara –afirmó ella–. Tengo que hacer esto yo sola. Es mi problema y yo voy a resolverlo.

–¿Qué problema?

Brittany tardó unos segundos en responder.

—Mi padre.

—¿Qué es lo que ha hecho ahora?

—Él me dio dinero cuando me marché para empezar aquí, ¿sabes?

—¿Sí?

Ella se levantó de la silla y comenzó a pasear por la habitación.

—Sabía que yo no quería ni un céntimo de su dinero. Sabía que no quería tener nada que ver con él. Yo creía que todo se reducía a sus ansias por controlarme. Incluso me lo echó en cara cuando traté de hacer las paces con él después de diez años.

Los ojos de Nick se llenaron de sospecha.

—¿Por qué tenías que hacer las paces con él? ¿Es que no te has mantenido en contacto con él?

—No. Cuando me marché, corté todos los vínculos.

—¿Por qué?

—Por libertad.

Nick frunció el ceño. No entendía nada.

—¿Te mudaste a Londres para librarte de él y...?

—No estoy libre. Jamás lo estaré hasta que le pague hasta el último centavo.

—Creo que no me lo estás contando todo. Quiero saberlo —afirmó él. Se puso de pie también y trató de abrazarla, pero ella se lo impidió.

—No puedo.

—Soy tu marido —replicó él con exasperación—. Estoy a tu lado, para lo que necesites, siempre. Siempre.

La preocupación y sinceridad de aquella última palabra rompió las barreras emocionales. Brittany se desmoronó contra la ventana.

—Me pegó.

—¡Canalla! ¡Lo mataré!

Brittany no se había imaginado nunca qué debía esperar cuando por fin le dijera a alguien la triste verdad después de todos aquellos años, pero al ver a Nick tan furioso, tan dispuesto a defenderla, supo de repente que había cometido un error al haberse guardado el secreto tantos años. Si él no le había dicho la verdad cuando ella marchó, Brittany le había hecho la misma descortesía. Si iban a tener un futuro juntos, necesitaba contarle todo. Todo.

–Cuando fui a verte hace diez años y te pedí que te fugaras conmigo, no fue por romanticismo. Yo tenía que huir. La violencia de mi padre iba aumentando día a día y a mí no me quedaba ninguna opción. Cambió en el momento en el que mi madre se marchó. Entonces, cuando nos enteramos de que mi madre había muerto un año después de fugarse, los malos tratos empeoraron. Un empujón por aquí. Un golpe por allá...

Brittany se pasó la mano por los ojos, decidida a no llorar más por su padre.

–Entonces, un día, me pegó. Fue entonces cuando supe que tenía que marcharme, huir tan lejos como me fuera posible.

–Deberías habérmelo dicho. Yo te habría protegido.

–¿Cómo? Tú tenías una plantación de la que ocuparte. Tenías que ayudar a tu padre. Además, te pedí que...

–Y yo me negué –susurró mientras daba un golpe en la mesa–. Si lo hubiera sabido...

–Ya nos habíamos distanciado un poco. Tú te habías separado de mí emocionalmente, así que supongo que en realidad no me sorprendió que me dijeras que no.

–Lo siento, cariño. Era un estúpido y un inseguro que te apartó de su lado antes de que te despertaras un día y te dieras cuenta de que tenías mucho menos de lo que te merecías.

Brittany se quedó boquiabierta al escuchar aquella descabellada afirmación.

–¿Cuándo te di yo la idea de que sentía que tenía mucho menos de lo que me merecía? ¡Es lo más ridículo que he escuchado en mi vida!

–La gente hablaba y yo, tonto de mí, escuchaba. Aunque no necesitaba una razón que nos saboteara.

–¿Qué quieres decir, Nick?

Él sacudió la cabeza y se metió las manos en los bolsillos.

–Significa que yo estaba tan dolido por lo de mi madre que no quería que otra mujer se me acercara demasiado y mucho menos amarla. Cuando empezamos a salir, me pareció que tú tenías la familia perfecta. Padre y madre, dinero, todo lo que podías desear... Por el contrario, yo no tenía nada que ofrecerte.

–Lo nuestro jamás tuvo nada que ver con el dinero. Me conoces muy bien como para pensar eso.

–Supongo que sí lo sabía, pero no quería creerlo. ¿Cómo podía una chica como tú estar enamorada de un don nadie como yo?

Brittany lanzó una exclamación de sorpresa y sonrió.

–No se puede razonar con un italiano, en especial con uno que trata de ocultar sus inseguridades tras una chaqueta de cuero negro y una Harley. Sin embargo, he crecido y soy una mujer más sabia.

Nick dio un paso hacia ella. Luego otro.

–La otra vez no vine a buscarte porque era demasiado orgulloso y estúpido como para arriesgarme a que me hicieras daño. Sin embargo, ahora es diferente. Soy diferente, pero me duele mucho estar sin ti. Por lo tanto, aquí estoy.

–Está bien que nos hayamos sincerando si vamos a...

Se detuvo. Tragó saliva. ¿De verdad iba a darles una oportunidad, a ignorar las dudas, el modo en el que había empezado su matrimonio, el miedo que casi le había costado la vida la primera vez que perdió a Nick y que se la costaría si no les salía bien en aquella segunda ocasión?

–¿Qué?

–Tener un futuro –murmuró sin dejar de mirarlo a los ojos.

Nick lanzó un grito de alegría y la tomó entre sus brazos. Entonces, comenzó a dar vueltas de alegría con ella mientras Brittany no dejaba de reír a carcajadas. Cuando él se detuvo por fin, la deslizó por su cuerpo para dejarla en el suelo saboreando el contacto y la chispa de deseo que saltó entre ambos.

–¿Tienes idea de lo mucho que te he echado de menos?

–Me apuesto algo a que no es ni la mitad de lo mucho que yo te he echado de menos a ti.

Brittany le acarició la mejilla.

–Me encanta Londres, pero llegar aquí y verme en la tarea de reparar un corazón roto por segunda vez no me ha resultado nada divertido.

–¡Eh! ¡Pero si has sido tú la que me dejaste!

–Oh, sí..

Los dos se echaron a reír. Entonces, Nick volvió a estrecharla contra su cuerpo. Sus caderas se moldeaban perfectamente. El hecho de que le estuviera acariciando suavemente la espalda acrecentaba la sensación de placer.

–Sabes que te quiero, ¿verdad?

Nick se detuvo en seco.

–¿Qué es lo que acabas de decir?

–No me hagas repetirlo, Mancini. Una vez al día es más que suficiente. Una mujer tiene su orgullo, ¿sabes?

–¿Estás enamorada de mí? Es decir, me lo había imaginado, pero tú jamás me lo habías dicho...

Se llevó una mano de Brittany a los labios y le dio un beso en la palma. Entonces, comenzó a trazarle la línea de la vida con la lengua.

–Yo también te amo...

Los dos se fundieron en un beso que a Brittany le quitó el aliento y le robó el corazón. Al mismo tiempo, aquel beso prendió la llama de la esperanza, de la felicidad y de los sueños que tantos años llevaba deseando.

Nick Mancini la amaba.

Su esposo la amaba.

Por fin había encontrado lo que tanto tiempo llevaba buscando y sintió que era imposible que pudiera ser más feliz.

–¿Hablas en serio sobre lo de quedarte aquí?

–Sí, claro.

Nick la besó para demostrárselo, otro beso delicioso y devastador, pleno de emociones, sentimientos y amor. Mucho amor.

Cuando por fin se detuvieron para tomar aire, él esbozó una sonrisa. Al verla, Brittany sintió que se le aceleraba el corazón.

–Pensé que empezar con la cadena Phant-A-Sea había sido lo mejor que había hecho en mi vida, pero estaba equivocado. Tú eres mi fantasía y no hay otra mujer con la que prefiriera vivir mis sueños más que contigo. Te amo, pelirroja. ¿Quieres vivir este sueño conmigo? ¿Para siempre? ¿Como mi esposa?

La besó tierna, suavemente, como si supiera que ella necesitaba un momento para recuperarse del éxtasis de haber oído cómo el hombre al que amaba le juraba amor eterno.

–Por supuesto que sí –susurró ella, casi sin poder hablar. Sabía que, en lo que se refería a los sueños, aquél alcanzaba proporciones de leyenda.

# *Epílogo*

–¿Estás segura de que no te gustaría fugarte? –le preguntó Nick. Estaba sentado en una maleta, cuya cremallera Brittany estaba tratando de cerrar–. Tenemos las ciudades más románticas del mundo a la vuelta de la esquina. ¿Qué te parece París? ¿O Venecia? ¿No te gustaría que renováramos nuestros votos allí?

–Ya hemos tenido esta conversación cien veces y la respuesta sigue siendo que no –replicó ella mientras tiraba de la cremallera–. Ahora, mueve un poco el trasero a la izquierda, si no te importa.

–¿Así? –preguntó él con una sensual sonrisa.

Brittany le dio un azote.

–Por muy impresionante que me pueda resultar esa parte de su anatomía, ¿podrías concentrarte en la tarea que tenemos entre manos?

–¡Oye, que no soy yo el que está perdiendo la concentración! –exclamó él. Tomó la mano de Brittany y se la volvió a colocar en la cremallera–. Ahora, date prisa. Cuanto antes termines, antes te puedes tomar el postre.

La boca siempre se le hacía agua ante la perspectiva de los platos que cocinaba Nick. Aquella noche tenía la sensación de que él le había preparado uno de sus favoritos.

–¿Tiramisú?
–Puede.

–Eres un hombre muy duro, Nick Mancini.
–Sólo contigo, cariño –murmuró. El doble significado provocó en ella un ilícito escalofrío.

Brittany dio un último tirón a la cremallera, aliviada de que la maleta estuviera por fin cerrada.

–Eres muy malo. ¿Dónde está mi recompensa?

Nick se levantó de la maleta y la tomó en brazos.

–Aquí mismo.

Ella fingió indiferencia, algo difícil considerando que su lugar favorito de todo el mundo estaba entre los brazos de Nick.

–El postre suena más tentador.

–Ya te enseñaré yo lo que es tentador –musitó él mientras le mordisqueaba el cuello, justo en la base, hasta que ella gritó de placer.

–Está bien. Tienes razón. Ahora, ¿me puedo tomar el postre?

Ella le deslizó las manos por la espalda y le acarició la espalda. Llevaba viviendo un año con aquel hombre increíble y, en vez de cansarse el uno del otro, su amor se hacía más fuerte cada día. ¿Cómo podía tener tanta suerte?

–Eres insaciable –le dijo él mientras le daba un beso en los labios.

–Para la comida también. Ahora, dame el postre.

Nick soltó una carcajada y extendió la mano. Entonces, la condujo a la cocina de su apartamento de Chelsea, la hizo sentarse y presentó el postre con gran pompa.

–Espero que sea de su gusto, señora.

Realizó una suave reverencia mientras le servía una enorme porción de tiramisú. Ella se lamió los labios y volvió a darle un azote.

–Oh, estoy muy satisfecha. ¿Quieres acompañarme?

–Ésa es una oferta que no puedo rechazar –dijo él. Se sentó al lado de Brittany y abrió la boca para recibir la porción de tiramisú que ella le ofrecía en un tenedor.

–Realmente eres un buen partido –afirmó Brittany tras tomar otro poco de tiramisú. Excelente cocinero, hostelero millonario, dueño de una plantación... Creo que ha sido magnífico que te quedaras con la plantación para que podamos dejar que nuestros hijos se ensucien las manos cuando se cansen de jugar al escondite en todas esas fantásticas habitaciones del hotel. ¿Te quieres quedar también conmigo?

De vez en cuando, el miedo de los diez años interminables y solitarios en los que se convenció de que Nick no la amaba, levantaba la cabeza. Por suerte, Nick estaba a su lado para aplastarlo.

–Eres el amor de mi vida, pelirroja. ¿Adónde si no iba yo a estar más que a tu lado? Además, no me puedo ir muy lejos si tenemos que hacer esos niños de los que has hablado...

Brittany se emocionó. Se inclinó sobre él y lo besó.

–Eso de fugarnos suena genial, pero creo que deberíamos volver a Jacaranda para renovar nuestros votos tal y como habíamos planeado.

–¿Estás segura? Tenemos los recuerdos más felices aquí. ¿Por qué no dejar atrás el pasado?

–El pasado ya no me puede hacer daño. Hice las paces con mi padre antes de que él muriera y nada de lo que siento ahora va a cambiar lo que ocurrió. Sin embargo, Jacaranda significa mucho para ti y para mí también. Es el lugar en el que crecimos, donde nos conocimos y donde nos enamoramos... –susurró ella tratando de contener las lágrimas.

–No me puedo creer que estuvieras enamorada de mí hace tantos años. Yo estaba seguro de que sólo te interesaba que yo te acompañara a Londres porque te daba miedo estar sola, dado que eras como una princesita recluida en una torre de marfil.

–Y tú eras el más adecuado para juzgarme, siendo el rebelde problemático que eras.

Nick se echó a reír.

–Cuando te enfadas, estás preciosa. Siempre lo has estado.

–Sí, bueno. Tú sacas lo peor de mí.

–Y también lo mejor.

Nick se acercó a ella y le acarició el rostro muy suavemente con la mano.

–Te amo. Ahora y siempre.

–Ahora y siempre –repitió ella un segundo antes de que sus labios se unieran en un estallido de dulzura, luz y de promesas para el futuro.

# Deseo

## El hombre que amo

### KATHIE DeNOSKY

Melissa Jarrod mantenía en secreto su aventura con el rico ranchero Shane McDermott. Pero entonces, una prueba de embarazo volvió del revés el mundo de la heredera de Aspen. Un bebé nacido fuera del matrimonio espantaría a los conservadores inversores que apoyaban el lujoso complejo de su familia, Jarrod Ridge. Pero Shane era un hombre de honor y no dudó en proponerle matrimonio.

Para él aquello era sólo un matrimonio de conveniencia. Sin embargo, Melissa no se contentaría con algo menos que el amor... para ella y para su bebé.

*¿Por conveniencia o por amor?*

# ¡YA EN TU PUNTO DE VENTA!

# Acepte 2 de nuestras mejores novelas de amor GRATIS

## ¡Y reciba un regalo sorpresa!

## Oferta especial de tiempo limitado

**Rellene el cupón y envíelo a**
**Harlequin Reader Service®**
3010 Walden Ave.
P.O. Box 1867
Buffalo, N.Y. 14240-1867

**¡Sí!** Por favor, envíenme 2 novelas de amor de Harlequin (1 Bianca® y 1 Deseo®) gratis, más el regalo sorpresa. Luego remítanme 4 novelas nuevas todos los meses, las cuales recibiré mucho antes de que aparezcan en librerías, y factúrenme al bajo precio de $3,24 cada una, más $0,25 por envío e impuesto de ventas, si corresponde*. Este es el precio total, y es un ahorro de casi el 20% sobre el precio de portada. !Una oferta excelente! Entiendo que el hecho de aceptar estos libros y el regalo no me obliga en forma alguna a la compra de libros adicionales. Y también que puedo devolver cualquier envío y cancelar en cualquier momento. Aún si decido no comprar ningún otro libro de Harlequin, los 2 libros gratis y el regalo sorpresa son míos para siempre.

416 LBN DU7N

---

Nombre y apellido                  (Por favor, letra de molde)

Dirección                              Apartamento No.

Ciudad                               Estado                     Zona postal

---

Esta oferta se limita a un pedido por hogar y no está disponible para los subscriptores actuales de Deseo® y Bianca®.
*Los términos y precios quedan sujetos a cambios sin aviso previo.
Impuestos de ventas aplican en N.Y.

SPN-03                                                   ©2003 Harlequin Enterprises Limited

# Bianca

**No me conoces, pero estoy embarazada de ti**

El mundo cuidadosamente ordenado de Dominic Pirelli se hundió cuando una desconocida lo llamó por teléfono y le dio una noticia pasmosa: por una confusión de la clínica de fertilización in vitro, ella estaba embarazada del bebé que Dominic y su difunta esposa soñaban con tener.

Aunque desconfiaba de sus motivos, Dominic decidió mantener cerca a Angelina Cameron. Tras llevarla a su lujosa mansión, empezó a sentir admiración por la fortaleza de Angie mientras su cuerpo iba cambiando con la nueva vida que llevaba en su interior.

Pero cuando naciera el niño, ¿quién tendría la custodia del heredero de Pirelli?

## Vidas entrelazadas

Trish Morey

**¡YA EN TU PUNTO DE VENTA!**

# Deseo

## Amor completo

### YVONNE LINDSAY

El apasionado encuentro de Año Nuevo que Mia Parker tuvo con un guapo y sexy desconocido fue algo imprudente, increíble... y que nunca volvería a repetirse. ¿Cómo entonces accedió a casarse con él tres años más tarde? Benedict del Castillo se había hospedado en el complejo Parker para escapar de los medios de comunicación y recuperarse de una lesión. No esperaba encontrarse con la chica con la que había pasado una noche de pasión y a la que no había olvidado. Tampoco esperaba retomar la historia donde la habían dejado. Hasta que vio al niño que llamaba a Mia "mamá".

*¿Podría la aventura de una noche durar para siempre?*

**¡YA EN TU PUNTO DE VENTA!**